用积极的价值观、人生观
来影响你的读者，影响社会风气，
是我们出版工作者的责任，
我们特殊的光荣，也是我们的快乐。

我的出版记忆

赵萌 著

北京出版集团
北京少年儿童出版社

图书在版编目（CIP）数据

我的出版记忆 / 赵萌著. -- 北京 ：北京少年儿童出版社，2025. 1. -- ISBN 978-7-5301-6844-8

Ⅰ. I251

中国国家版本馆CIP数据核字第2024N4B950号

我的出版记忆

WO DE CHUBAN JIYI

赵萌 著

*

北京出版集团 出版
北京少年儿童出版社

（北京北三环中路6号）

邮政编码:100120

网 址 : www . bph . com . cn

北京少年儿童出版社发行

新华书店经销

雅迪云印（天津）科技有限公司印刷

*

880 毫米 × 1230 毫米　32 开本　6. 75 印张　110 千字

2025 年 1 月第 1 版　2025 年 1 月第 1 次印刷

ISBN 978-7-5301-6844-8

定价：46. 00 元

·当作者遇到好编辑

赵萌老师的大作《我的出版记忆》即将面世了！她当了30多年编辑，一辈子“为他人作嫁衣裳”，眼看快80岁了，才轮到自己出一本书。这真是个“近水楼台”却“姗姗来迟”的好消息。

中国的编辑大军有几十万人，但确实没顾上多出点关于编辑的书。几本《编辑学概论》《编辑指南》，读起来未免太正襟危坐了，而《编辑部的故事》等电视剧又让人过于喜笑盈腮。社会上最缺少的，也许就是赵萌老师所写的这类生动鲜活的自传体书籍。

赵萌老师当然有资格写这本书。除了从业时间长，她还终身供职于名声皎然的北京出版集团；从最底层的“白丁”干起，一直到当上北京少年儿童出版社总编辑、北京出版集团策划总监；她主持的《少年科学画报》曾竭蹶经营，创每期发行50万册的纪录；她经历过许多像样的事，和中国各界达士名流都有密切交往和成功合作；她编辑的多部图书获得“五个一工程”奖、国家图书奖、国家科学技术进步奖、文津图书奖，入选中国好书；她作为“魅力型领导”，能让整个团队齐心协力，各得其所；她退休后仍然保持永不宁静的头脑，策划、编辑许多优秀读物；她还担任多个学术团体的领导职务……赵萌老师“全波段”和“全天候”的编辑生涯历历可考。她几乎获得了一应俱全的业务素质和实践经验。

我和赵萌老师虽然是30多年的朋友，但仍无法“粗粒化”概括她的编辑风范，最好还是谈几件我亲身经历的往事。

1992年，我突然福至心灵，发现为儿子、女儿订阅多年的《少年科学画报》是座富矿，完全能够以此为基础，摄制一部系列科普电视片。于是我通过114查号台，找到素昧平生的赵萌主编。我们竟然一拍即合，雷厉风行，3个月内完成了《凯丽阿姨讲科学》100集，同年暑假在中央电视台播出，受到社会热烈欢迎。这次合作可谓“磨盘两圆，互得其便”，武汉电视台科普节目从此走向全国，并成为《科技之光》的前奏和序曲。多亏了赵萌老师有识有决，或者说有好编辑对好选题的直觉——而直觉当然是来自平时积累的知识和经验。也就是从那时起，我和赵萌老师结下了持久的友谊。

2012年，缘分未了。《少年科学画报》20年前的副主编钟制宪，已经成为北京出版集团的“掌门人”。她和赵萌老师一起，从我新出版的《造物记》中发现了可挖掘和拓展的空间，便向我郑重约稿，并为写作创造条件。当时赵萌老师已经退休，钟总专门聘请她作为特邀策划，带领几位青年编辑推动这个项目，使我大受感动。经过深虑长考，我决定重新制订写作计划，于是便有了后来问世的《播火录》。可见出版社和编辑的“巨大能量”造成的“时空弯曲”，足以改变一个作者的“运行轨迹”。

2016年初，我的妹妹宋致新已经把父亲李蕤赴朝时的日记和写给母亲的家信整理完毕，但苦于“绕树三匝，何枝可依”，找不到“识货”的出版社。2019年底，我明知道赵萌老师正因编纂《唤起全民族的抗战——“一二·九”运动人物记》忙得焦头烂额，仍抱着试试看的心态，请她忙里抽暇，评估一下父亲的文稿。哪知赵萌老师“见善若惊”，立刻推荐给北京出版集团北京人民出版社吕克农总编辑，并亲自担任这本书的特邀编辑。在反复阅读文稿后，两位老师建议打散书信和日记两大块的框架，按照时间轴，将书信和日记融为一体，使其浑然天成，并请妹妹从幕后编者走到台前，自始至终担任导读工作。我们听了都拍案叫好，欣然遵从。正所谓“结构决定功能”，赵萌老师和吕克农总编辑创造性的“金点子”，让这本书从“史料汇编”回归“文学作品”，出版后获得文津图书奖，入选2023年度中国好书。妹妹每次在谈到创作体会时，都绝不敢“贪功掠美”，而要反复突出赵萌老师的重大贡献。

我这辈子也出过几本书，与编辑的每次合作经历，总是点点滴滴永难忘怀的。都说编辑是作者、读者、出版社之间的中心枢纽，编辑和作者是共生关系，的确言高旨远，语重情深。一个作者能遇上一个高明远识、心地纯正的编辑，真是最大的福分和最难得的缘分。

赵萌老师是口碑载道的“明星编辑”。她把整整一生献给了出版事业，也把编辑的许多好品质集于一身。这本《我的出版记忆》，将把她的事迹和经验留给后辈，并汇入中国编辑的优良传统之中。

赵致真

作家，原武汉电视台台长，全国先进科普工作者

·身教言传彰典范，翰墨鸿影映真情

赵萌老师所著《我的出版记忆》，以“我与《少年科学画报》20载”开篇，将自己编辑生涯的前尘往事，尤其是一个文科生如何转行做科普的经历娓娓道来，率直坦诚，意味深长，正可谓：身教言传彰典范，翰墨鸿影映真情。我有幸先睹为快，心生许多感慨。

大约10年前，我在微信朋友圈的一篇小文里写了这样一段话：“赵萌老师是我的‘忘年交’，一个见多识广、乐观开朗的老太太。可以想见，这里我要是再多夸多谢她两句，哪天照了面，她一定会当众数落我：‘肉麻肉麻……’”这虽为想象，但绝对与赵萌老师的性格特征相吻合。而且，那一次我想“多夸多谢”她，也绝非客套话，因为她刚给我新出的“启明星”丛书写了一篇热情洋溢的序言《让我们仰望星空》。而这套丛书，跟她担任过主编的《少年科学画报》直接相关——是我在这本杂志上写了4年的《启明星》专栏文章结集出版。

再往深里回溯，我与赵萌老师的科普缘分，始终与《少年科学画报》密不可分。

1979年初，身处南方小城柳州的我，第一次邂逅刚刚面世的《少年科学画报》，那一年我11岁，而赵萌老师就是参与创刊的元老之一。这本图文并茂的杂志，在科普百花园中独树一帜，尤为亮眼，很快就成为在少年儿童中影响力最大的期刊之一，也是我当年特别喜欢阅读并乐于收藏的科普读物。当时的我怎敢预想，自己今后的事业和人生，还会因这份刊物而出现转机啊！

话说1993年冬，大学毕业来北京工作3年后，我通过科幻作家吴岩认识了《少年科学画报》的编辑徐来，并应约给杂志撰写了一篇介绍工程食品的科普文章。由此，我这个当年的杂志小读者第一次成了杂志的作者，而此时的赵萌老师已是《少年科学画报》的主编，不过那时我们并不认识。1998年秋，徐来给我打电话说，希望我定期给杂志的《科幻城堡》栏目撰稿，向少年朋友介绍世界科幻名篇。我愉快地接受了邀请，并从第二年起，成为《科幻城堡》栏目（后来更名为《奇幻城堡》）的专栏作者，一写就是10年。而策划专栏的这一年，正是赵萌老师在《少年科学画报》工作的第20个年头。

2002年春，也就是我给杂志写专栏的第4年，已由《少年科学画报》主编调任北京少年儿童出版社总编辑的赵萌老师找到我，提出了要将我的专栏文章汇集成书的构想。我记得，那天我们一上来就谈得很具体。她说，做书不是简单地把专栏文章“合成”，全书应当聚焦“想象改变生活”这个主题，既要有对经典科幻作品所涉科学话题的解说评述，也要有“幻想”与“现实”的对比分析，还要体现科学思想和科学技术发展的脉络与历程，以及给予读者的启迪意义。她同时建议，由出版社申报北京市科学技术协会的科普专项资助——这两件事都办成了。《幻想：探索未知世界的奇妙旅程》一书，就是在赵萌老师为我谋篇布局的基础上写成的。此书后来多次再版，并且获得了许多奖项，成为我引以为豪的科普代表作。

2019年4月，我以《少年科学画报》第一批小读者和专栏作者的双重身份，参加杂志创刊40周年纪念活动策划会。在翻阅最初的一期试刊本时，我发现了一张特别有纪念意义的照片，呈现的是年轻的欧阳自远先生站在一块大陨石旁做解说。随后我受命邀约欧阳自远院士接受采访，讲述40多年前这张照片及其背后的故事。而赵萌老师也在策划会上被确定为纪念活动的受访嘉宾，她和这本杂志的情缘，同样延续了40多年。

结识赵萌老师20多年来，我又有缘跟她一道，共同参与了中国科普作协和北京科普作协的一些工作，也亲身见证了由她策划、出版并获得国家级重大奖项的“解读生命丛书”、《播火录》等优秀科普作品诞生的过程。当然，我还有幸经常接受她耳提面命、直言不讳的教诲，让我的事业、人生少走了许多弯路。

有缘而又有幸，何其快哉！回望我的由杂志而延至图书的科普阅读与科普创作历程，我对赵萌老师深怀感恩、感激之情。写下这些文字，一则为《我的出版记忆》出版表示热烈祝贺；一则要借此向我尊敬的赵萌老师，一位辛勤耕耘了一辈子的科普老编辑，致以崇高的敬意！

是为序。

尹传红

科普时报社社长、中国科普作家协会副理事长

目录

第一章

我与《少年科学画报》20载 /1

最初它是我们心中的梦想，
后来变成了现实。
推动力就是编辑部所有人的热情
和大胆无羁的敢想敢干。

第二章

短暂而难忘：我在北少社的7年 /79

满打满算也不过7年，
却好像过了半辈子，留下了许多记忆。
大概是在这一段时间做了许多事，
经历了许多难忘的时刻吧。

第四章

致年轻编辑：我对出版的认识和感悟 /163

编辑工作需要你成为
广闻博识的杂家，
迫使你通过学习不断丰富自己。
这既是压力，也是动力。

结束语 编辑的"一年零一天" /187

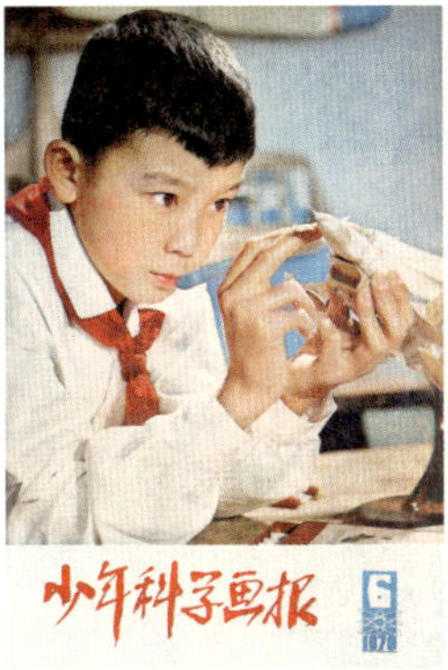

◎第一章

我与《少年科学画报》20载

最初它是我们心中的梦想，
后来变成了现实。
推动力就是编辑部所有人的热情
和大胆无羁的敢想敢干。

20 世纪 80 年代的我

一、与一本正在创办的刊物相遇

我调到北京出版社，参加《少年科学画报》的创建，实在有一点偶然。1978年，是我在宣武区文化馆工作的第5个年头。我在文化馆的文学组工作，负责青年文学爱好者队伍的组建和业务培训，把他们的优秀作品刊登在我们的刊物《宣武文艺》上。我对编辑工作挺有兴趣，于是想要调到正规一点的出版单位去。

恰好我们文学组邀请著名报告文学作者黄钢（他当时正在创作报

告文学《亚洲大陆的新崛起》）来做讲座。黄钢来时还带了两位助手，一位是当时在中学当语文老师的任洪渊，后来成为北京师范大学中文系的教授，著名诗人；另一位是霍达，后来创作了著名的文学作品《穆斯林的葬礼》。

霍达知道我的心愿后，热情推荐：北京出版社正在筹备一本少儿刊物《少年科学画报》，需要人呢，你去那儿吧！我是纯粹的文科生，去一本科普杂志，能行吗？可是禁不住霍达鼓动：怎么不行？我是学外语的，还给这本刊物写稿呢！那我就试试？再说那时候“文革”浩劫刚刚结束，科学的春天正在到来，科学、孩子，都是国家最重视的。我开始对这个新的工作充满期待。

当时的北京出版社在崇文门外的东兴隆街 51 号办公，有前后两栋旧式的两层木板楼。我是去后楼一层的一间小办公室报到的，由分管《少年科学画报》的副总编辑王政人和我谈话。他打电话找刊物筹备组的负责人来。随着一阵清脆利索的脚步声，一个干练的女同志走了进来。她的个子中等偏高，身体挺拔，皮肤白皙，面容姣好，看起来很年轻，只是有些花白的头发，透露出她已经人到中年。这位女同志就是我的顶头上司詹以勤。她一点也不啰唆，问了问我的经历，问我是否愿意做科普工作，得到我的肯定回答后，便非常痛快地领我到编辑部去了。

编辑部当时已经有4位同志，都比我岁数大：一位是郭以实，《少年科学画报》的一把手，小有名气的科普作家，已经有不少作品问世；一位是詹以勤，二把手，原来是《中国少年报》科学版的编辑；三把手是来自《北京日报》的老记者安瑞霞；还有一位是负责美术工作的罗炳芳，中央美术学院的老毕业生。编辑部的实力非常强大。我当时已经32岁，在这里居然成了小字辈，而且是最缺少科普经验和编辑经验的新手。

为了尽快让《少年科学画报》正式出版，北京出版社正紧锣密鼓地网罗人员。在1978—1979年，又陆续调来了科普作者郑百朋、124中学的物理老师张俭、学气象的孟桂芝，还有小有名气的儿童画家徐宝信。再晚些时候，又调入了《北京日报》的年轻编辑胡素娟，她是“文革”前《北京日报》从北京市高中直接选拔的优秀学生，是报社培养的年轻记者、编辑中的一员，还是共产党员。另外，还有美术编辑尤国华——中国美术学院的老毕业生、从东海舰队复员的美术创作员于福庚、北京玩具厂的美术设计舒加鼎和北京钟表厂的美术设计庾东海。

记得这些人中调动比较艰难的有两个：一个是大学肄业后一直病休在家的郑百朋，他是刚刚崭露头角的科普作者，能够把抽象的数理化基础知识讲得绘声绘色；另外一个是美术编辑庾东海，他是北京工艺美术学校的毕业生，绘画非常有灵气，当时正在北京钟表厂当美术设计。调郑百朋的困扰是，出版社能不能招聘一个社会青年当编辑，干部指标如何解决？调庾东海的难题是，他是工厂的业务骨干，工厂死活不放人。但是编辑部的老领导詹以勤和安瑞霞一趟趟地跑出版社人事处，跑工厂，协助人事处找北京市人事局，磨破了嘴皮子，终于换来这两个人的加入。

这样，编辑部的人手就基本配备起来了，都是三四十岁的中青年编辑，以及50岁左右的领导。虽然大家都是编辑出版行业的新人，但是热情高涨，干劲十足。

新来的同事中，让我印象最深的是张俭。她是由社长王定坤带着到编辑部的，看起来像是比我们大几岁，一张圆圆的脸上始终带着笑意。王社长向老郭、老詹介绍，张俭曾是北京市青少年科技馆的辅导员，后来在中学当物理老师，少儿科普工作经验丰富。但是她的腿有毛病，不能久站，因此对口调动到这本新创办的科普杂志。她文字功底好，诗写得不错，是个人才。最让我惊讶的是，为了印证王社长的话，张俭居然爽快地掀开裤脚，给大家看她的腿！按现在的话说，这就是“社牛”！她面对陌生环境、陌生人，没有丝毫的生疏和胆怯。后来张俭发挥“社牛”的优势，把《少年科学画报》的《动手做》栏目办得热热闹闹、红红火火。我们每次举办读者活动，也都离不开她。张俭最显著的特点就是热心，从来不分什么分内分外，把编辑部的事当自己的事，张张罗罗、不见外、不推责，而且她的真诚能够为所有人接受。时间一长，张俭就成了我们的“不管部”部长，落了一个“婆婆”的美称。后来“婆婆”成了北京出版社闻名遐迩的人物，不仅我们编辑部的人这么叫她，社内其他部门的人这么叫她，连主管我们的社领导王政人也这么叫她！以至于外面的人听了会十分惊讶：你们出版社的男同志怎么也有婆婆?!

话说回来。1977—1978 年，《少年科学画报》（试刊名为《少年科学画册》）已经陆续推出了 4 期试刊，正

创办初期的刊物封面

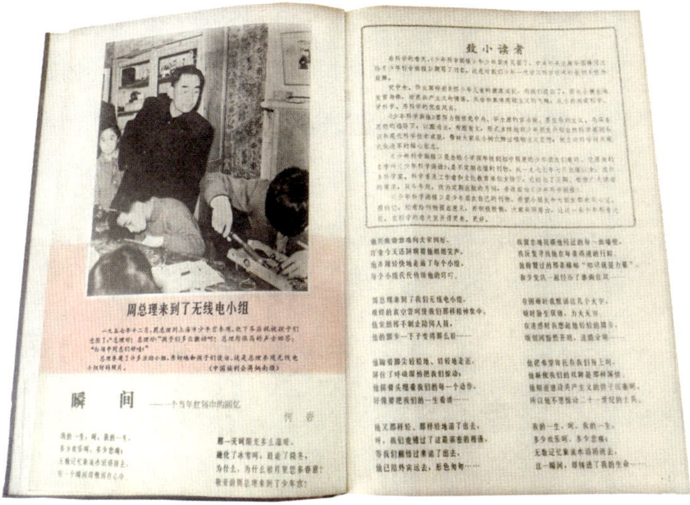

著名诗人柯岩为创刊号发来祝贺诗

创刊初期的刊物内容及版面

在紧张地准备在1979年正式出刊。几期试刊本，就让我这个文科生耳目一新！刊物里没有令人畏惧的乌压压一片的文字，而是像连环画一样图文并茂，用生动活泼的图画、照片搭配文字。以这样形象直观的方式来讲述科学家的故事，介绍最新的科学成果、科学知识，虽然内容生疏新鲜，却让人容易看懂，让人喜欢读！这在科学的春天，在人们渴求知识却又缺少对科学的了解的年代，是多么令人欣喜！

这样一本独辟蹊径、独具特色的少儿科普刊物，主要设计者就是郭以实和詹以勤——两位有少儿科普工作经验、熟知儿童心理、富有爱心的人，他们真是了不起！1979年，《少年科学画报》正式出刊，交由邮局征订。在每期限额发行30万册的情况下，《少年科学画报》第一期征订数就达到了27万册，在当年是数得着的大刊物！这是期刊定位成功的有力证明。

二、艰难时期：一个纯粹的文科生如何转行做科普

我真正深入到《少年科学画报》的业务工作中，

才体会到，一个文科生转行做自然科学的普及，是多么不容易。

一本科普刊物，需要有学科设置和栏目设置，每一个编辑会按照学科与栏目进行分工。离开文化馆的时候，一个朋友给我建议：如果搞科普，你就选择高新科技和军事科技，这两个方面新东西多，读者容易感兴趣。所以在编辑部业务分工的时候，我就主动挑选了这两个学科，另外还选择了比较柔软的《科学家的故事》栏目。

可是该从哪里入手，我一点不摸门。负责带我的是主编郭以实。他 50 多岁，性格开朗乐观，始终给我以信任与鼓励，让我放开手脚去闯。

我思考了一下，感觉高新科技的范围广泛，自己在自然科学方面知识储备薄弱，不了解当时科技的发展，有点无从下手。而军事科技的范围就小许多，而且兵器中的枪炮、飞机、坦克什么的，比较容易被小读者理解和接受。我想，编辑工作就从相对容易的军事科技内容入手，由易到难吧！

到哪里找作者呢？基础好的作者应该是在报刊上发表过作品的。这样的作者有写作经验，我也可以通过作品了解他们的专业水平和文字表达能力。于是我开始关注各类兵器类期刊和报纸，比如《航空知识》《舰船知识》《兵器知识》《解放军报》等，特别是《解放军报》。因为兵器类的期刊是办给军事爱好者的，稿件内容往往比较专深；而军报是综合性的报纸，要考虑普通读者的认知水平和喜好，因此讲得更浅显易懂，更接近小读者的接受能力。

瞄准了目标，我就开始发扬在文化馆锻炼出来的敢闯敢干的精神，跑到《解放军报》去挖掘作者。记得第一个找到的是《解放军报》科学版的编辑王惠林，他绘声绘色地给我讲了雷达发明的故事，我听着新鲜有趣，便向他约稿。

回到家，我还在兴奋中，兴致勃勃地给我先生重述雷达的故事，谁知道被他当头泼了一瓢凉水：雷达算什么新科技？这是“二战”中的发明，都出现30多年了！你这不是科盲吗？我先生是在铁道部系统做通信方面工作的理工男，他当然懂得雷达了！我这才明白，光有理想和热情是做不了科普编辑的，因为你不具备基本的科学知识，无法判断稿件内容的新与旧、对与错。不具备对稿件的判断能力，怎么能做编辑工作呢？我需要踏踏实实地从头学习。

当时没有电脑，获得资讯和学习知识都比较费时费力。我开始从能够找到的报刊上的科普作品中学习，对于重点领域的知识，还会阅读整部的科普书籍，比如遥感、激光、红外线、各种兵器知识……每编辑一篇稿件，我都要查阅四五篇科普文章。到出版社后，我有整整两年没看过文艺演出。

20世纪80年代，在东兴隆街办公室看稿

我的父母都是知识分子，他们对我最主要的教诲，一个是要养成学习的习惯，一个是凡事要善于思考。这时候我就想：自大学毕业以来，我在基层工作8年所积累的经验、方法，会因为工作领域的变化就全都用不上了吗？我怎么把自己既往的优势、长处发挥出来呢？我的长处在哪里，又如何发挥呢？

在思考中我悟出来：自己的优势在于和读者有着更多的同理心，能够从普通人、小读者的角度去寻找大众感兴趣的选题，找到切入主题的角度；因为有文学基础，所以更长于挖掘知识本身的故事性、趣味点。也就是说，在选题的捕捉方面，我有广泛的兴趣和对题材的敏感性；在文章写法方面，我更善于运用文学化的表达方式。这两点，就成为我扬长补短的着力点。厘清了思路，我也就更有信心了。

所以，作为新入行的编辑，正确的自我认识和扬长补短的工作方式很重要。在从纯粹的文科生转向科普工作者的过程中，起初我是比较自卑和胆怯的，就像许多新入职的“小白”。这时候，就特别需要我们有清醒的自我认识，需要给自己信心。

起初，出版社和编辑部的领导都以为我到《少年科学画报》就是一时兴起，是图新鲜，体验一段时间后很快就会转行的，没有想到，我居然是一副要扎根的架势。北京出版社副总编辑王政人来编辑部夸我：小赵学习非常刻苦！这是我长到32岁，第一次有人夸奖我学习刻苦哪！此后，我在工作中真的不断学习，认真钻研业务，这是我的一个重大改变。

几个月之后，我终于编发出第一篇像样的稿件《坦克智斗导弹》，得到我的老师郭以实的表扬："不错不错，你这个小坦克！"后来，这篇文章还得了奖，给了我更多做好科普工作的信心。

这个阶段，我也对编辑如何审读稿件有了更深的体会。审稿子，既要站进去，也要走出来。站进去，是把自己当作第一读者，体会自己对稿件的第一感觉；走出来，就是要站到广大读者的角度再去看稿件，然后做出选择和判断。虽然编辑的第一感觉很重要，但是编辑毕竟不能够替代读者。这两个方面结合起来，才能形成对稿件比较准确的判断。

三、编辑和作者：相互成就，共同成长

作为一个新编辑，最苦恼的就是手头没有作者，再厉害的人也无法做无米之炊。

那时候，眼看着那么多作者到编辑部找老郭和老

詹，我真是羡慕啊！况且到编辑部来的都是我在报纸、杂志上常常能看到的那些知名专家、作家、画家！天文学家李元、卞德培、卞毓麟，地理学家朱志尧，医学专家阮芳赋，林业专家桂耀林，科普作家吴浩源、鲍建成，还有大名鼎鼎的画家方成、缪印堂、丁午、沈培、毕书校……那些专家、作家和画家，就那样随随便便地在编辑部里出出入入，和老郭、老詹谈笑风生。他们常常在聊天中就确定了选题，然后作者领了任务，高高兴兴地离开。我那叫一个羡慕！

老詹是办《中国少年报》出身，联系作者的能力绝对一流。我虽然是老郭的徒弟，但老詹照样带着我四处找作者、认识新作者。记得有一次，她带我去朝内大街的科学出版社看望她的专栏作家吴浩源和鲍建成。他们都是资深的科学编辑，有很好的外文功底，先后在《少

徐宝信为《少年科学画报》骨干作者创作的漫画

年科学画报》上开辟了《昆虫世界的秘密》《海洋世界的秘密》《鸟类的秘密》等长篇连载科学故事，成为我们的核心作者。老詹请他们帮忙推荐可以为我负责的栏目写稿的作者。

吴浩源和鲍建成商量了一下，请来了两位男同志。一位清隽精干，性格活跃，叫吴检保，是留学苏联回来的理工科才子，答应为我写新科技方面的稿子；另外一位年纪稍大，憨厚魁梧，名叫赵成璟，可以为我写《小卫星广播站》的稿子。他们都是有经验的科学编辑，精通外语，笔头快，这么好的作者让我上哪儿去找啊！我可美坏了。

从那以后，赵成璟和吴检保就成了我的铁杆作者，吴检保还和我成了好朋友。20 世纪 90 年代初，吴检保调到苏联去开办科学出版社的分店，还从莫斯科寄明信

片给我，我们的友情延续了许多年。

向作者学习是编辑学习知识的重要途径。向作者约稿的过程，也是编辑学习的过程。我分工的领域，大多属于科研和信息部门，藏着许多专业高手——都是内容方面的专家。但是学术专家不等于科普专家，面对没有专业知识的公众，能够把自己专业领域的知识、成果讲清楚的人，才有可能成为科普作者。学术专家能不能成为科普作者，需要编辑来判断和选择。

我喜欢的约稿方式是与作者聊天，还会时不时地去看望作者，后来和他们中的不少人成了朋友。我会经常和他们聊一聊他们专业领域发生的大事和趣事，遇到可以开发成选题的内容，就请他们多讲一讲。我们再商量一下怎样把这些内容构思成文章，怎样才能够讲得清楚，讲得有趣。在这个过程中，编辑帮助作者掌握写科普文章的规律和技巧，作者给编辑普及相关领域的科学知识及科学背景。通过这种聊天和求教，我能更快捷地掌握相关知识的要义，提升对科普的认识与兴趣。这是学习的捷径，让我受益匪浅。

因为有在文化馆从事群众工作的经验，所以我在开发作者方面不大犯怵，只要在报刊上发现一篇好的科普文章，我就可以按图索骥找到作者。给我印象最深的一位作者是第七机械工业部（主要负责航天工业）的朱毅麟。当时他被称为航天科普方面的一支笔，是文章高手，能够约到他的稿子，你就烧高香吧！当时，去找一趟朱毅麟可谓路途遥远——我的单位在城东南的崇文门外东兴隆街，而朱毅麟的单位在城西北的海淀区圆明园西路，我要倒三四趟公交车，花费两三个小时才可以到达。经常是我赶到了，也就快到中午了。有时候在单位找不到人，我就追到他家去——那时候科研人员都住在单位附近的宿舍。一来二去，我就和朱毅麟成了朋友，航天方面的重点选题向他约稿，他很少有爽约的。

还有一位是《军事测绘》杂志社的社长苏刚，解放军测绘学院毕业的高才生，也是文章高手。他能文善画，常常有高招、妙招，让科普文章充满新意。他曾经出版过自写自画的《七十二变》，一本书被切两刀，书中的孙悟空，头、身子、腿 3 段自由组合，就可以实现 72 变。他同时还是中国科普作协国防科普委员会的副主任。通过他，我认识了国防科普方面的许多优秀作者，还参加了全国国防科普征文活动。这位老朋友，帮我打开了通向国防科普的一扇窗。

杨培根也是我最好的朋友之一。他是搞常规武器信息的，和我年纪差不多，质朴而热情，非常会讲故事，是写常规武器知识及最新军事成果的高手。

后来，我编辑的在全国获奖的文章，多是出自这3位骨干作者之手。

我认为通常说的“培养作者”其实不够准确，选择作者才是最先要做的事。一个人能不能成为科普作家，要看他的文化素养、写作基础和天赋，有了这些条件，才可能成为科普作家。所以编辑找作者，首要的是选择。这比较考验编辑的眼力和社交能力。

1981年，《少年科学画报》编辑部与作者举办联谊活动，在长城合影

说到编辑对作者的培养，离不开对话沟通这种方式。交谈可以给作者很多启发，使他们更好地掌握科普写作的思路、逻辑以及表达方式。具体到一篇文章如何写，则是由作者自己发挥。编辑最好能够提出明确的约稿意见，这样作者的创作也会更加有的放矢。如果稿件需要修改，编辑就应该先厘清思路，把修改意见明确提出来，再让作者自己去改。这样作者可以比较深入地理解编辑的意图，找到自己稿件中的不足，提高写作能力。如果稿件修改后仍然达不到要求，这时候编辑就可以自己动手修改，然后把修改过的稿件交给作者审查，待作者同意后再刊发。请作者审查稿件的意义，首先是“文责自负”——要尊重作者对于稿件的著作权；其次，编辑毕竟不具备内容方面的专业背景，很可能由于对知识理解不到位，或者从科学转到科普的过程中，因使用语言文字不准确而发生知识性错误。我不赞成编辑越组代庖，过多干涉作者的构思和文字表述。

四、“负荆请罪”的老鲁

那时候的社会风气真好，领导真让人敬佩。

1980年，《少年科学画报》的第一任主编郭以实调到新成立的中国科普创作研究所工作，第二任主编是詹以勤。她是事业型的女强人，爱社如家，常常为了发稿，很晚才能回家，两个儿子都顾不上。我们都说，老詹把《少年科学画报》当成亲儿子了。

这话一点不假。可是在创刊初期，有一次老詹却出人意料地撂挑子了，一连两天都没有来上班。我们小编辑有些慌了，问了之后才知道，她是在生北京出版社副总编辑鲁刚的气。当时为了降低成本，出版社大幅度削减了刊物的工作用样书数量，但是这样会削弱刊物的宣传力度和社会影响。老詹提出申诉，争辩无果——不只《少年科学画报》,《十月》的样书数量也削减了，因为经营需要考虑成本核算。没有想到老詹为此真的生气了。

我赶快去向鲁刚（后来是北京市文化局局长、北京人民艺术剧院党委书记）汇报。老鲁愣住了：詹以勤那么刚强乐观的人，真的为样书的事生气了？走走走，去看看她！老鲁带着我和胡素娟直奔詹以勤家。

那时候老詹住在东四那边的团中央宿舍，是带院子的平房。一进院子，老鲁就从地上捡了一根树枝放在身后。我正在纳闷时，他已经大步流星地走到老詹家门前，大声叫道："詹以勤，我负荆请罪来了！"老詹那时候眼睛还肿着，鲁刚一句爽朗而幽默的问候，让老詹破涕为笑。一切的误会、委屈都烟消云散，第二天老詹就上班去了。那时候的人们心里只有事业，人与人之间是多么纯洁无私啊！

五、突担重任：
一个自由兵被任命为期刊副主编

1983 年的夏天，北京出版社开始任命几个年轻同志到编辑部的领导岗位工作。没有想到的是，名单上居然出现我的名字：《少年科学画报》编辑部副主任！

我大感意外：怎么会有我？因为当时我在业务方面只能算中等水平，正在向业务尖子方向努力，并且政治面貌还只是一名群众。连我那要求严格的父亲听说了也感觉诧异：你从小就是自由兵，怎么可能被提拔做编辑部副主任？

当出版社人事部门找我谈话时，我说出了自己的顾虑。人事处处长鼓励我：好好干吧！在民意测验中，你的呼声很高，大家认为你为人公正，能够联系群众，愿意为大家服务。

回想起来，我的这个良好的群众基础大概来自两件事。

一件是1980年的社里员工调资问题。从20世纪60年代到80年代初，中国的国有企事业单位工作人员已经将近20年没有调过工资了。但是当时国家刚刚走出“文革”造成的经济困境，尚没有财力支持职工普遍调资，尽最大努力也只能让40%的人涨工资。这种政策必然会在客观上造成人与人之间的矛盾。老同志认为，自己辛辛苦苦地工作，已经将近20年没有涨过工资了，这次再不给涨，就要退休了！而年轻同志也是一肚子委屈，自己上有老下有小，工资只有40多元，负担太沉重，再不给调，活不下去了！

出版社的领导班子非常让人佩服，他们开会决定：领导班子成员除了副总编辑熊怀济，一律不参加调资，把名额让给大家。熊怀济是从中国人民大学调来的年轻教师，只有行政17级，可以参加调级。社领导把这个决定公之于众，起到很好的表率作用。

那时候，凡涉及群众重大利益的事，出版社领导都采取走群众路线的办法。由行政部门牵头，成立专门的工作组，由各部门推荐群众代表参加，并一起进行工作方案的制订，社领导并不参与。这一次，我恰恰被编辑部推选为调资工作组的群众代表。

我考虑再三，表态自己不参加调资。因为我是大学毕业生，每个月工资56元，只有一个孩子，不需要赡养老人，和其他同志比较起来，家庭负担比较轻。

我又逐一了解编辑部人员的情况，劝退了家庭条件比较好、工资比较高的美术编辑舒加鼎。他之前在北京玩具厂工作，虽然职务级别不算高，但是有额外补贴，每个月的实际收入有60多元，算是高的。到出版社后，他的工资没变。如果他参加调工资，就需要把这部分额外补贴拿走，按正规的干部级别走，实际收入并没有任何增加。我们两个人自愿放弃后，编辑部的气氛轻松不少。后来，调资问题被比较好地解决了。

另外一件事，是北京出版社新建的一栋6层宿舍楼在1982年竣工，面临分配问题。这件事也被多少双眼睛盯着。单位的分房委员会由行政处处长张恩政牵头组建，我和旅游编辑部的编辑何延虹都参加了。我们一家一家地实地走访，查看每一个申请人的居住环境，对他们的居住困难程度进行比较。我们敢于仗义执言，做事公正，获得了群众的信任，也有了一定的威信。这一次，我也没有申请要房，所以不存在以权谋私问题。

大概就是我在这两件事中的表现，给群众和领导留下了不错的印象吧，让我在后来的提干中受益不少。这对于一辈子没有当过“官”（上学17年，连小组长、小队长都没有当过）的我来说，是一个意外，也是一个转折。

六、从负责杂务开始进入管理岗位

我当了编辑部副主任后，部门把行政管理这一块工作分给了我。我的主要任务包括负责编辑部人员每天的考勤，处理琐碎的日常事务。还有一项工作与业务相关，就是发稿前的稿件质量检查。

我就这样进入了管理岗位。

负责考勤、管人是容易得罪人的，好在我这个人一贯直来直去，大家也就接受了。对我来说，锻炼最大的是每一期《少年科学画报》发稿前的全面检查。这使我从只了解局部业务工作，转向开始了解刊物的全面业务工作。

当时《少年科学画报》的工作程序是这样的：每一

20 世纪 80 年代，召开小读者座谈会，听取意见

个文字编辑发稿后，交给主编审查；审查通过后的稿件交给美术编辑去约画稿；插图完成后，美术编辑再把每一幅插图、照片与相应的文字贴在一起，形成像连环画一样图文并茂的页面，发工厂排版、印刷。文图稿发给工厂之前，我负责最后的检查。我的工作，一是检查一幅一幅的插图有没有表达出文字稿相应的科学内容；二是检查每一篇稿件的文字与插图是否准确对位；三是再一次校对文字，检查即将发排的文字稿是否存在科学性、知识性及文字语法方面的错误。虽然这项工作烦琐，费时费力，但也让我练就了一副好眼力。一篇稿件扫过去，我一眼即能发现哪些地方是容易出错的。到了后来，美术编辑拼好的版，我不过目，他们还不放心。

打杂的过程，锻炼了我的文字能力、编辑校对能力、审美能力和初步的组织管理能力，让我收获特别大。

七、好酒也怕巷子深：创刊 5 周年，我们精彩亮相

20 世纪 80 年代初期，全国期刊的数量渐渐多了起来，也不限制每期的订购数量了。北京市出现了一本少年文学期刊《东方少年》，它是在曾任北京市委宣传部副部长、北京市文联党组书记的陈模的提议下，由北京

《少年科学画报》编辑部人才济济

左起：郑百朋、庚东海、毕书校、马真、于福庚、张俭、田军、安瑞霞、徐宝信、赵萌、詹以勤、孟桂芝

市文联创办的。在陈模前辈的热情推动下，《东方少年》声名鹊起，以至在许多场合，人们只知道北京市有《东方少年》，而不知道有《少年科学画报》。

记得有一次，我代表《少年科学画报》编辑部到北京市的宣传部门开会。当时有人称赞《东方少年》是北京市发行量最大的少儿期刊，我听了，立马站起来发言：北京市发行量最大的少儿期刊应该是《少年科学画报》!《东方少年》每期发行 20 万册，我们的《少年科学画报》每期发行 40 多万册呢！众人听了又是惊讶又是兴奋，好多人这时才知道了这本为北京市争光的少儿科普期刊。

面对不断涌现的少儿期刊和越来越激烈的竞争形势，我们终于明白了，在市场经济时代，好酒也怕巷子深。办期刊不仅要在内容质量上下功夫，还要在知名度上下功夫。我们还需要加大对期刊的宣传力度。

于是我们有了一个大胆的决定：《少年科学画报》的 5 周年创刊纪念活动，要在人民大会堂举办！我们邀请到了中国科学院的学部委员（现在的院士）吴仲华、贝时璋、侯仁之、郑作新，还有我们的作者——科普专家、画家，以及著名的故事大王孙敬修爷爷，和小读者欢聚一堂。通过媒体的广泛宣传,《少年科学画报》的影响达到一个新的高度，每期的发行量迅速增加到50万册，成为当年发行量最大的少儿期刊之一。

这次成功的活动策划，离不开编辑部全体成员的同心协力和尽心尽力。在筹备会上，大家打开思路，充分发表意见。是搞小规模、高规格的纪念活动，还是搞大规模的读者广泛参与的活动？大家的意见比较一致：5周年对于一本正在上升期的少儿期刊来讲非常重要，是继往开来、扩大战果、再创辉煌的大好时机。规模再大的纪念活动，参加人数也是有限的，不如努力一下，举办一个高规格的纪念活动，通过媒体宣传，扩大影响力。规格高到什么程度？最后大家决定：到人民大会堂

1984年，《少年科学画报》5周年庆祝活动在人民大会堂举行，会后合影

左起：于福庚、孟桂芝、赵萌、许晓明、詹以勤、邢少平、陈玉章、谢悦、郭以实、田军、王纪刚（北京出版社副总编辑）、马真、贺永红、郑百朋、胡素娟、张猛、张俭、庚东海

去办！我们野心勃勃，热情洋溢，敢想敢干。

再好的策划也需要一一落实。因为经常举办读者活动，所以我们有一定的组织经验和工作基础，核心作者、教师代表、小读者代表较快就落实了。难度比较大的工作是邀请知名科学家。研究飞机发动机的热动力专家吴仲华先生、生物物理学创始人贝时璋先生、历史地理学家侯仁之先生、鸟类专家郑作新先生等，我们也克服困难想办法请到了。中央人民广播电台少儿节目中最受欢迎的故事大王孙敬修爷爷是孩子们心中的明星，我们也请了，还要让孙爷爷讲讲科学故事呢。

活动当天，我们还邀请了少先队鼓号队前去助兴。孩子们列队站在会议礼堂外面，小号一吹，小鼓一敲，那个威武欢乐的气氛立刻就出来了！来宾们看到这么多少先队员，高兴得合不拢嘴。

在人民大会堂办的《少年科学画报》5周年庆祝活动很轰动，震动了北京出版社，震动了科普界，震动了全国的少儿期刊，也给这本期刊的编辑——我们每一个人留下了难以忘却的记忆。这样一场活动，最初是我们心中的梦想，后来变成了现实。推动力就是编辑部所有人的热情和大胆无羁的敢想敢干。这种精神在我的职业生涯中留下深刻的印记，成为我宝贵的精神财富。

八、转战《父母必读》：迷雾重重与豁然开朗

1987年的夏天，社里的另一本刊物《父母必读》的主编陶信成找我谈话，因为出版社准备调他去社里任职，所以考虑让我到《父母必读》工作。他彼时还兼职主编，我过去后先任副主编。

对于我来说，这是一个机会，也是一个挑战。我接受了这次工作调整。

1986年，我曾经提出过调动工作的要求，想调到文化部正在筹备中的《中国文化报》去。从小受到的家庭熏陶，使我对文化工作一直有浓厚的兴趣，知识积累也比较丰富。而且面试后，报社领导也对我很感兴趣。但是我的调动要求一提出，立刻遭到出版社领导的强烈反对，先后有3位社领导找我谈话，对我表示挽留。我提出，自己毕竟是学文科的，还是感觉调到社会科学类媒体工作更顺手。但是这些理由在社领导眼里都不是问题。他们提出，出版社非常需要中层干部，只要我留下来，到哪个部门我可以挑。领导的诚意打动了我，我同

意继续留在社里工作。

到了《父母必读》，除了行政管理工作之外，老陶没有分配给我具体的业务工作，只是让我阅读《父母必读》自创刊以来的全部刊物，掌握它的历史和基本定位，了解它的工作程序和特色。然后他分给我一个栏目叫《咨询处》，主要内容是编读往来，解答读者提出的各种生育、养育孩子的问题。责任编辑需要从成堆的读者来信中筛选出具有代表性的问题，然后走访专家，请他们写文章给予解答。这是一个针对性强、广受欢迎的栏目。

接受任务后，我跑过北京市家庭教育研究会，跑过北京师范大学和首都师范大学的心理系、教育系，还跑过许多医院的儿科诊室，认识了许多老师、教授和医生，结识了不少新朋友。很快，我就编发出针对性强、观点新颖、具有启发性的稿件。这些专业作者对我的热情、敏锐性和判断力也给予很高评价，编辑部的同事们也开始认同我的适应能力和工作能力。

对我而言，在此期间最大的收获，是可以对比两本期刊不同的编辑思路。同样是科普期刊，《少年科学画报》的稿件常常从正面进入，更强调科学知识的完整性、系统性；而《父母必读》的稿件则强调精确触达目标人群，强调从读者的具体需要出发写文章，解答问题时更加贴近读者心理，更加柔软一些，编辑起来也不那么费劲。这使我悟出：有时候转岗到一个新的部门、新的岗位，虽然适应起来比较艰难，但也不是什么坏事，它能够使你通过比较，了解和掌握更多的工作方式和工作思路。

九、由“将”到“帅”：
返回《少年科学画报》当了一把手

到了 1988 年的下半年，又发生了一件事。《少年科学画报》的副主编郑百朋调到中国科普研究所去了，只剩下主编詹以勤一个人支撑局面。谁想到，深秋的时候，老詹突发脑溢血住进医院，《少年科学画报》处于无人领导的情况。北京出版社社长郑潜拜托张俭临时代管《少年科学画报》的工作。之后，社领导又找我谈话，准备把我调回《少年科学画报》，让我暂时负责部门工作。我服从了。

到了 1988 年的年底，出版社正式任命我为《少年

科学画报》主编，并让我挑选两名副主编，组成《少年科学画报》的领导班子。文字编辑中我选了钟制宪（后来的北京出版集团董事长），她是 1988 年从北京市委统战部调过来的，1982 届的北大分校中文系毕业生，党员，头脑清楚，聪明伶俐。她原是副处级干部，到了出版社是从普通编辑做起的，评了一个助理编辑职称，也没有牢骚、怨言，人比较大气。美术编辑中我选了徐宝信担任副主编。这样，1989 年初，我由曾经的《少年科学画报》的"将"，转为统管刊物全面发展的"帅"了（说我回到《少年科学画报》是从"将"转为"帅"，是陶信成的话）。

从副主编到主编，从编辑部副主任到编辑部主任，虽然都只有一字之差，但岗位权力与责任的差别却是非常大的。作为主编，一本刊物的长远规划要考虑，每一年的工作计划也要考虑。新的一年，刊物上的栏目有哪些需要调整？有哪些重点学科领域需要关注和跟踪？还需要新开设什么样的长篇连载？有哪些重点活动要安排？这些都需要主编考虑。有时候即便有了好的设想，但没有可以担责的人，也是无法落实的。

当然还要管人。每一个编辑的分工既要大体均衡，还要有所侧重、扬长避短。分配的工作不按时完成不行，马马虎虎也不行，需要检查，需要有适当的奖惩。原来的老主编詹以勤比我们大十几岁，管理上以严格、严厉著称，到了我“主政”的时候该怎么办呢？特别是我和大家都是同龄人，又是“自由兵”出身。我决定采取民主管理的方法。工作上我要拿出主要意见，还要大家群策群力，谁的主意好就采纳谁的；大家提出来的，大家要自觉执行。

记得那一年，美术编辑于福庚提了一个建议：可以开设一个美术栏目，介绍各种图标的知识。大家都觉得这个点子不错，既能让读者增长知识，又发挥了刊物的专长。这个栏目就落实到小于的头上，每两个月一期，每期一个版面。第一期顺利发稿了，到了第 3 个月该发稿的时候，小于没有动静了。我一问，才知道是小于忘了，没有准备稿子。当时我挺纠结，要不要坚持规定呢？你自己提议的专栏，怎么才开一期就没有影了？那以后这个栏目还能办下去吗？批评他吧，我有点不好意思，怕别人说刚当了官就发脾气。而且眼看着就要发稿了，现准备还来得及吗？但考虑再三，我还是硬着头皮对小于说：这可不行！你自己提出开设这个栏目，版面都留出来了，怎么能开天窗？如果栏目想有就有，想没有就失踪，那版面怎么安排？我这么一说，小于没有吭气。3 天以后他就拿出了稿子！

通过这件事，我明白了一个道理：做主编不敢管人不行，要能够制定规则，还要敢于坚持按规则办事，对事不对人；做管理，公平公正最重要。

十、再创辉煌：创刊 10 周年活动

我们新一届班子心齐又敢干，我们的编辑队伍也整齐，都正值最好的年华。

我们刚刚“组阁”，就遇到了筹办创刊 10 周年活动。一个刊物创刊 10 周年，的确是件隆重的事。它意味着这本刊物已经走过童年，进入生命力最旺盛的时期。这时候，需要回顾来路，更需要筹划未来。

一个好的纪念活动，应该找到一个承上启下的结合点。汲取 5 周年纪念活动的成功经验，我们决定双管齐下，既要有高规格的主会场活动，又要办大规模的读者活动。我们租下一个大的场所——中国儿童活动中心，在主会场设计了一个高规格的纪念会议，向

长期支持少年儿童科普工作的各级领导、科学家、教师和小读者汇报我们走过的路和我们的前景展望；又把整个儿童活动中心变成小读者的主场，把刊物上的《智力乐园》《动手做》等参与性栏目设计成游戏活动放到现场，任由孩子们在玩中体验科学；我们还与北京电视台青少年部合作，拍摄了一部专题片《今年我十岁》，在北京电视台及活动的主会场——儿童活动中心播放。《今年我十岁》的本子是《少年科学画报》副主编钟制宪写的，从一个10岁孩子的视角回顾了《少年科学画报》10年的成长历程。这是北京电视台新成立的青少年部的第一个对外合作项目，由当时的青少年部主任张晓爱亲自负责。那个10岁的小主角还是由出演过科幻电影《霹雳贝贝》的著名小演员担任的呢。

我们邀请了中国科学院院士侯仁之、贝时璋，五笔字型的发明人王永民等科学家参加了活动。

在活动筹备期间，社长王政人把我叫去，说："《少年科学画报》10周年活动你们筹备得很用心，很隆重，请了大科学家，是编辑部向社会亮相的机会；现在你是主编，可是詹以勤毕竟当了那么多年主编，又是大病初

1989年，《少年科学画报》10周年庆祝活动，部分编辑合影
左起：赵萌、安瑞霞、詹以勤、刘建波、张俭、孟桂芝、钟制宪

愈，有没有考虑请詹以勤以《少年科学画报》主编的身份出席这次活动?”我立刻回答：“当然可以，也是应该的。”社长非常满意。所以在活动中，我就担任司仪，照应前来参加活动的各位科学家和领导，关注会场内外的各个环节和流程，做好服务工作。在回顾环节，我又特别向《少年科学画报》的创办人郭以实致敬。

这件事留在我的记忆中，让我印象非常深刻。在关键时候，老领导及时指导我，教我做人做事的道理，为我树立尊重老领导、尊重传统、尊重历史的观念；让我懂得感恩，不能新官上任，就否定前任。这样的指点让

我一直铭记到今天。

有了组织经验，在那一年的报刊征订季，我们的读者活动也搞得别出心裁，有声有色。除了中山公园的北京市报刊集体征订活动，我们还在北京游乐园组织了万人游园活动，宣传《少年科学画报》。游乐园是孩子们喜欢的地方，但是门票和游乐项目比较贵，许多人没有去过。我和钟制宪、张俭事先考察场地，和园方讨论合作方案，以每张 5 角钱的价格包销全场门票，并且谈好条件：当天入园的人可以享受各种游乐设施票价 7 折优惠。门票通过各个区县教育局发到学校，学生可以和家长一起参加。

到了活动日那一天，游乐园里人山人海，平时冷冷清清的游乐园里全是孩子和准备掏钱的家长。过山车、激流勇进、海盗船……每个游乐设施前都排着长队。孩子们高高兴兴，记住了给他们带来知识和欢乐的杂志。

第二年，我们又邀请北京出版社的另外两本刊物《十月》和《父母必读》的编辑部人员一起，到石景山游乐园搞宣传征订活动，并邀请新闻出版署报刊司的领导光临指导，让领导们也亲见了我们朝气蓬勃的面貌。

漫画家丁午的作品

十一、走出封闭：期刊发展进入新阶段

《少年科学画报》的发展历史，也折射出我国期刊的发展历程。

20 世纪 70 年代末，“文革”刚刚结束不久，整个国家还处在计划经济时期。国家严格控制期刊的数量，还控制每种期刊的最高发行量——也就是限额发行。《少年科学画报》的国内邮发代号是 2-33，每期限额发行 30 万册，是较早被批准出版的期刊之一。这批期刊是幸运儿，成为此前长期生活在文化沙漠中的国民最早的精神食粮，广受欢迎。

到了20世纪80年代，国家逐步扩大了期刊的数量，少儿期刊之间的竞争开始出现。到了20世纪90年代，期刊发展又到了一个新阶段。随着改革开放的推进，沿海发达地区的新刊物以精美的新面貌出现，与内地仍然以内容取胜的老刊展开了竞争。同时，国家的出版管理机构加强了对期刊的管理，开展了多种优秀期刊评奖活动。

在不可能里找机会

1989年，《少年科学画报》获得了创刊以来的第一个政府奖项——北京市优秀期刊奖。我由此认识了北京市新闻出版局报刊处的白树联处长。不久后，我又认识了国家新闻出版署期刊司的司长张伯海。张司长曾经是山东大学的教授，文质彬彬，一副学者模样。

1991年，张伯海司长到北京市调研期刊情况，报刊处白树联处长召集市属重点期刊开了一次座谈会，地点就在市新闻出版局原来的老楼——位于朝内大街的一条小胡同里。各家期刊汇报完工作后，张伯海司长做了总结发言。他的发言让我大感意外，肯定的话轻描淡写，重点在批评。他批评我们北京的期刊没有与时俱进，内容精良却面目陈旧，如果拿到国外，就只能放在地摊上。他提出，我国的期刊现在需要改变面貌，鼓励大家走出去，成为对内、对外双向发展的期刊。

这样的批评让我接受不了。当时国内期刊的生存基本依靠发行量。《少年科学画报》发行量高，靠的是质高价廉，每本仅售 0.80 元。我们每一次提价——哪怕是 0.05 元——都是慎之又慎。那时，刊物的版面设计稍微疏朗一些，马上就会有读者来信抗议，说我们的刊物排版图多字少，不值。如果与时俱进，当然要改进设计和纸张，那又如何应对生存危机呢？我当即发言辩驳，观点是：在当下的中国，期刊的面貌与定价是一对矛盾体，我们不可能放弃已有的发行优势，去追求未知的新面貌。

回到编辑部，我把会议情况向大家做了汇报，又提出了期刊档次与定价的“矛盾论”，希望听听大家的意见。大家沉默了。过了好一会儿，美术编辑于福庚提出，我们能不能换一个思路？中国这么大，改革开放后沿海地区先富起来了，像广东就诞生了精美的新刊物《家庭》《家庭医生》，说明高定价的刊物在中国也有需求，只是与我们大多数内陆地区的平民化期刊分属于不同的市场。一石激起千层浪，大家的思路开始活跃起来。

于是大家开始提出各种问题：我们可能同时推出普通本和豪华本吗？我们可能出英文版吗？……最后，大家收拢思绪，基于我们的人力与财力，提出了一个可行的改良方案：除普通本外，在刊物内容不变的情况下，更换纸张，用平台印刷机精心印刷，制作成精华本，发往沿海地区进行试水。

我打电话给张伯海司长汇报情况，咨询相关政策问题。没想到张司长非常热情地表示，支持我们的大胆尝试。后来他一直对《少年科学画报》的发展给予关注，这真是不打不相识。

政策上没问题，办法可行，那么最关键的问题：客户在哪里呢？答案是自己找。

1992 年的初春，我背着沉甸甸的一大包《少年科学画报》精华本前往广州，那里有我在期刊会上有一面之交的同行。当时正是南方的梅雨季节，我每天顶着淅淅沥沥的小雨穿行在陌生的大街小巷，衣服、鞋子都是湿的。那个同行也真帮忙，带着我跑了许多家报刊发行商。最后我们终于谈妥了一家，对方答应代销 3000 册试试。发行商要求我们先把《少年科学画报》精华本发给他，3个月后按照实际发行数量结款。虽然有风险，但是总要走出一步试试啊。

试过之后，机会真的来了。那时已经有新加坡、马来西亚等国的出版商来中国寻找商机，和我们接触。之前，他们接过《少年科学画报》普及本的时候，都是礼貌性地翻翻，然后放下。现在，他们见了精华本却爱不释手，问："可以送给我吗？"我们可以拿得出手的《少年科学画报》精华本，最后被马来西亚最大的华文出版商——翰林出版公司看中。他们购买了版权，还买了我们的印刷用软片。《少年科学画报》成为国内最先输出版权的少儿期刊。那时候我才知道，原来马来西亚和新加坡的华人与我们一样，都说普通话，用简体字，和我们不存在语言和文字上的障碍。

回忆起这一段历史，我的感慨良多：有时候看起来不可能的事情，也会潜藏着机会；如果人人都认为不可能，都不敢去尝试，机会也就从身边溜走了。那些敢于想办法、敢于实践的人，才容易获得成功。《少年科学画报》就是这样，敢于去想、敢于去尝试，也因此一步步成长起来。

1993年，马来西亚翰林出版公司购买了《少年科学画报》的版权，在马来西亚和新加坡发行，《少年科学画报》成为最早走出国门的期刊

获得首届华北地区期刊最高奖

还有一件喜事，是《少年科学画报》在1991年首届华北五省市期刊评奖中，获得了奖项中分量最重的华北十佳期刊奖。

那年8月，北京出版社派出了《十月》杂志副主编张守仁和我参加在山西太原举办的首届华北五省市期刊评奖活动。从北京出发的参会人员都在火车同一个车厢，于是我主动和张伯海司长聊天，说编辑部的事、举办的活动，介绍《少年科学画报》的特色。张司长和期刊司的人都很感兴趣，说没有想到一本刊物可以搞得这么新颖、热闹，这么有规模、有影响。他们对《少年科学画报》编辑队伍的齐心协力特别赞赏，说刊物出版是集体项目，编辑队伍团结很重要，《少年科学画报》有这样团结又肯干的队伍十分难得。《少年科学画报》给他们留下了好印象。我当时的感觉是，新闻出版署（成立于 1987 年 1 月，前身是文化部所属的国家出版局）刚成立没几年，各司局领导非常愿意深入了解基层单位的实际情况。

在这次期刊评奖中，《少年科学画报》最终获得华北十佳期刊奖的荣誉。张司长指定我代表获奖期刊做大会发言，这也是让我意想不到的。那是我第一次在重大场合发言，当时发言稿怎么写都写不清楚，还是请教了《十月》杂志的副主编张守仁才写出来的。

总之，这次评奖活动似乎打开了一扇窗，让《少年科学画报》获得了新闻出版署、北京市新闻出版局和同行们的关注。像《少年科学画报》精华本的推出、版权的输出，都得到了新闻出版署和市局的支持、鼓励和指导。

走出封闭，打开视野，走向更高峰

许多事情都是这样，当封闭在大墙之内的时候，你的视野狭窄，只能看到你自己；当走出大墙，打开视野的时候，你便看到了外面的世界。你也不再是只与自己比较，而是在更大范围内与同行对比。在对比中，你才能够更清楚地认识自己。

与此同时，外面的世界也会看到你，把你和你的同行做比较。在比较中，你也会进入更多人的视野，被更多的人认识。在看见与被看见的同时，你有了新的目标，开始了更快的发展和进步。

《少年科学画报》就是这样，在看见与被看见的同时，走上良性发展的道路。在 1991 年，我们又获得了两项集体荣誉：北京市儿童少年工作先进集体和青少年科技教育工作先进单位。在 1992 年 12 月，《少年科学画报》又获得了全国优秀科技期刊一等奖。

还有一件难忘的事，证明了《少年科学画报》不断扩大的影响力。那就是在 1992 年 7 月，我们接待了台湾地区的小记者大陆采访团。那次交流活动是台湾地区一家报社的文化出版部总编辑魏淑贞与我联系的。她说在台湾地区可以看到《少年科学画报》(那时候的期刊可以通过相关对外出版公司向世界发行)，很喜欢刊物上有那么多最新科技的内容，也很羡慕能有那么多一线的大科学家为小孩子的杂志写稿。所以，他们要安排小记者团到《少年科学画报》编辑部来看看。

接待来自台湾地区的同胞，我们非常欣喜和感动。从台湾地区同行的口中，我们也进一步看到《少年科学画报》的特色与优势，当然特别珍惜，也愿意把优势继续发扬下去。

十二、跨媒体合作：寻找新的发展契机

一本成熟的知名刊物，如何在保持特色的同时，又能不断突破自我，寻找到新的发展点？这件事很难，但又必须要做。这种突破，有时候体现在刊物上，有时候体现在刊物之外，甚至可能是生存方式和生存状态上的突破。

1992年，《少年科学画报》在科普方面有了一个大动作——与武汉电视台合作，推出100集科普电视片《凯丽阿姨讲科学》。电视片先后在中央电视台青少频道、国际频道和武汉电视台多次播出，引起不小的反响。中宣部常务副部长徐惟诚评价："科普电视片《凯丽阿姨讲科学》，开拓了一片新天地。"这种创新性的跨

媒体合作，以及随之而来的宣传热潮，给《少年科学画报》带来了很好的发展契机。

说起来，《少年科学画报》能够与武汉电视台合作，颇有一些传奇色彩。1992 年初的一天，我正在家里看稿，突然接到一个陌生的电话："我找《少年科学画报》主编赵萌。""我就是。""你好！我是武汉电视台台长赵致真，通过 114 找到你们编辑部的电话。编辑部的同志说你在家，所以冒昧打扰。我主要是想和你们合作项目。我现在已经到了北京，想到你家去拜访，方便吗？"不一会儿，一个高高瘦瘦、非常精干的中年男同志就到了我位于崇文门的家。

在简短的自我介绍后，赵台长提出，可不可以到编辑部看看？随即我们便打车到了位于北三环的北京出版社，我陪同赵台长看了编辑部的工作人员和工作环境，然后谈定了合作方式和合作内容。

这次合作，就是由武汉电视台运用技术手段，将《少年科学画报》上的连环画内容制作成动画，由当时的知名演员张凯丽用讲故事的方式解说其中的科学知识，形成一种新的电视科普节目。项目推进得很快，在很短的时间内就制作了 100 集。

不久，武汉电视台联合《少年科学画报》，在中央电视台附近刚刚启用的梅地亚中心举办首发式，中宣部常务副部长徐惟诚、中央电视台副台长沈纪、中央电视台青少部主任余培侠都来参加了。专家与领导对于这种新的媒体形式给予高度评价，认为电视连环画介乎纸媒和动画片之间，解决了电视节目娱乐化过强却缺少科学内容的传播、纸媒内容丰富却不够鲜活的问题，是媒体融合的一种创新，很好地响应了国家大力发展科技的大政方针。《凯丽阿姨讲科学》传播广泛，影响很大，甚至我一个在美国的同学，都看到了这个节目。

如今 30 多年过去，我对当时的场景仍然记忆犹新。赵致真台长的出现方式、考察合作方人员和工作环境的思路，以及他的工作效率，都给我带来新鲜感，也带来震动。我第一次体会到，与高人合作，可以促使你跨越式地提升和进步。

再说一个在梅地亚开会的小插曲。那次在梅地亚中心举办首发式，时间定的是上午 9 点。许多朋友提前到了，在大厅三三两两地聊天。会议室的人很少。突然，参加会议的新闻出版署期刊司司长蔡健光急匆匆地到大厅来找我：“赶快招呼大家到会议室，徐部长到了，已经在会议室了。”我吓得不轻，赶忙招呼大家到会议室开会。

中宣部的常务副部长徐惟诚真的来参加我们的会了？我有点不敢相信啊！因为之前在核对参会人员名单的时候，我们《少年科学画报》的副主编徐宝信轻描淡写地说，前两天他去参加中宣部的会议了，见到了徐部长，他在口头上汇报了《少年科学画报》与武汉电视台合作推出100集科普电视片《凯丽阿姨讲科学》的情况，以及要在梅地亚举办首发式的事，邀请徐部长参加。他没有把握徐部长是否能来。因为徐宝信平素是一个随性的人，此事又讲得很随意，所以我们也没有当回事。谁知道徐部长真的来了，还早早坐到了空荡荡的会议室！于是我和赵台长赶忙招呼参加会议的各路“神仙”立刻到会议室，蔡司长也像自家人一样帮助我们招呼，会议这才得以正式开始。

你说我们《少年科学画报》的人是不是神通广大？你说我们的朋友是不是够哥们？你说我们的领导是不是很亲民？

十三、1993 年：改革突然来临

1993 年注定是难忘的一年。当时，出版社已经嗅到改革开放的气息，明白出版社事业单位企业经营的优惠条件不可能持久，但也不知道从南方吹起的改革之风什么时候会来。出版社要全面改革未免动静太大，所以就先搞个试点看看。这个试点就选择了期刊部门，因为和图书编辑部门比，期刊是相对独立的，有自己单独的发行和经营账。

当时北京出版社有 3 种期刊：《十月》、《少年科学画报》和《父母必读》，分别是在 1978 年、1979 年、1980 年创办的老刊、名刊，每期发行量都是几十万册，有一定的经济基础。改革试点的方式就是准备让 3 种期刊承包，自负盈亏。出版社根据每种期刊前 3 年的平均利润来核定承包后的经济利润指标。完成指标发基础奖；超额完成指标，超额部分发奖金。每种期刊在社里的财务处独立建账，单独核算。每种期刊的主编都有法人名章，有一定的财务支配权。

当时，3 种期刊中，《少年科学画报》的利润指标定得最高。但我们在成本上一直精打细算，要在已经大大压低成本的基础上，继续提升利润，自然压力很大。

1993年初，我心事重重，不知道该怎么打开承包后的工作局面。好在《少年科学画报》这个集体团结心齐。负责发行工作的张俭提出建议：要完成经济利润指标，就得把期刊的发行量搞上去，最可行的方法是从刊物立足的北京开始发力。

举办“全国小学生科技知识竞赛”，扩大影响力

当时《少年科学画报》和北京市教育局小学教育处有一些合作。教育部门常借助《少年科学画报》的科技专家优势，将科学新知送入校园，《少年科学画报》也由此更深入地了解了校内教育对科普的需要。我们最后确定的思路是：邀请中国科学院的专家参与，举办以北京为主要阵地的“全国小学生科技知识竞赛”活动。这个活动分三个层次：以知识性答题为主的学校级初赛、区县级复赛，以及以动手解决问题为主的市级现场决赛。

这样的大型活动，一环扣一环，需要有周密的策划设计。其中一个重要工作是落实教育管理部门的支持。张俭发挥了组织活动能力强的优势，用自己特有的亲和

力和努力，让我们的活动获得市教育局、各区县教育局的认可，让《少年科学画报》与这些部门建立了亲密合作关系。

一种期刊的发展离不开骨干人员的同心同德和鼎力支撑，特别是在一些关键部门和关键岗位。拥有能力强、责任心强、能够主动出击的骨干人员，是这一期刊的幸运。我们要特别珍惜，更要充分信任，让他（她）们可以更好地发挥作用。有时候一个骨干人员的作用，会比领导更重要。我们有些人常常是因为年龄或者机遇，被推到领导岗位上，并不一定是因为比别人强。

20 世纪 90 年代，《少年科学画报》召开通讯员工作会，北京市教育局小学教育处领导高孝文（前排左 3）、富凯宁（左 9）、刘天华（左 6）参加

20世纪90年代，编辑部的老编辑和年轻编辑

左起：赵萌、孟桂芝、马真、张俭、华冠新

活动的另外一个重要工作是邀请非常有影响力的科学家参与和支持，以此提高活动的权威性和号召力。经过努力，这个目标也实现了。发明汉字激光照排技术的王选、数学家杨乐等科学家都给竞赛活动题字表示祝贺，并且成为活动组委会成员。北京市主管科技教育的副市长胡昭广也欣然助阵，加入了大赛组委会。

巧动心思找合作

搭建这样庞大的科学家和专家阵容，运作这样复杂的工作环节，单靠《少年科学画报》微薄的销售收入显然不现实，需要另外开源。

1993年，我到广州参加全国连环画报刊年会，感觉广州的工商业比较发达，可能有希望找到合作方。于是到了广州，我先拜访了一个大学同学，他当时在《南方日报》担任领导职务，信息比较灵通。可是一听说我们想要找广州的企业合作，他就表示：你们下手晚了，实力雄厚的企业早被人家拉走了。我不死心，还是想找机会试一试。

我当时对接触企业谈合作做了充分准备。我带了一些《少年科学画报》精华本，里面有我们与林业部、中国人民保险公司等单位联合搞活动的内容，意图说明我们有丰富的举办读者活动的经验。我还特别带上了1992年第10期杂志，那一期的封底是介绍《凯丽阿姨讲科学》首发式的，里面有许多领导出席活动、讲话和题字的内容，以说明我们的期刊是有社会影响力的。

那一年的全国连环画报刊年会由广州的一家少儿报刊社承办。除了会议交流，他们还安排大家去参观了中山、番禺等广东经济快速发展起来的地方。在这期间，我们参观了大名鼎鼎的乐百氏集团公司。

乐百氏的老总何伯权领着大家参观，介绍乐百氏的发展史。杂志社的社长、总编辑们纷纷递上名片，自我介绍，希望建立联系。我也很想这样，但是转念一想，感觉大家这样一窝蜂地拥上去不是办法，何总理谁不理谁呢？

机会终于来了。何总举办了隆重的午宴欢迎大家。乐百氏是一家生产奶制品饮料的企业，主要客户是孩子，自然欢迎我们这些少儿报刊的人。午宴的主桌上有何总，他的一边是中国出版工作者协会主席王子野，另外一边是人民美术出版社《连环画报》杂志主编孟庆江。我被安排坐在王子野主席的旁边。席间，我采取旁敲侧击法，故意和王主席聊《少年科学画报》，还拿出杂志，给他介绍我们在中央电视台办的活动。这一下成功吸引了大家的兴趣。我趁机拿出准备好的杂志和名片，一一递上，重点是希望给何总留下印象。

1993年，在广州与中国出版工作者协会主席王子野合影

让你所关注的人在人群中注意到你，并且对你留下深刻印象，这一点很重要，是成功的关键。后来我才知道有一个名词叫注意力经济，说的就是如何吸引目标人的注意力。我倒是早早用在了为期刊寻求合作上。

趁热打铁也很重要，只要有一分希望，就要百分之百地去努力争取。回到北京，我立刻给何总打电话，告诉他《少年科学画报》正准备搞一个全国性的小学生科技知识竞赛活动，将会连年举办，目前正在联系厂家合作，问他有没有兴趣。何总思考了一下后回答：可以考虑，但需要把你们的活动方案、向厂家征求合作的函件发过来。我要了解你们需要厂家做什么，你们能够为厂家提供什么。我喜出望外！看来有戏！

但是接下来有一点发愁：那时候我们做事比较“草莽”，手里只有一个简单的活动方案，从来没有搞过与企业的合作函！这种函件有模板吗？没有模板也不怕，管他呢，自己写！我们就把活动的目标以及我们在科学界、教育界的优势一一写清楚，同时提出，由于竞赛活动的规模大，每年需要 10 万元活动经费，并大致列出开支项目与金额。函件传真过去，等了很长时间没有消息，大概是他们需要认真研究吧。毕竟在 20 世纪 90 年代初，每年 10 万元的赞助金额不是小数字，他们给广州那家报刊社的赞助也只有 2 万元。

这期间，我同时也在广泛撒网，联系可以合作的伙伴。我通过老同学去找过当时刚刚在电脑方面崭露头角的联想集团。在我原来的计划中，联想是最适合的合作伙伴。他们是科技企业，推出的又是学生用电脑。可惜时机不对，我们错过了合作的可能。

第二个联系的企业是一家销售学生电脑的公司，他们的老总是我先生的一个朋友。公司老总闻讯后自己找过来，因为他手里有一批学生电脑，正发愁销路呢。他急于合作，当时就表态，可以给当年的活动 10 万元赞助，下午就可以让人拿来支票。但是他们只是一个不知名的商贸公司，只想做一次性的赞助。

按照我的思路，寻找合作伙伴有两个主要条件：第一，最好是有点名气的企业，可以和《少年科学画报》这样的名刊实现强强联合，优势互补，长期合作；第二，最好是科技类企业，因为我们是科普类期刊，又是做科技类竞赛活动，大方向上比较贴合。两个条件中，当然第一个条件更为重要，因为我们实在需要一个可以长期合作的、有经济实力的伙伴。既然竞赛准备长期搞下去，那么每年的赞助就必不可少，第一次找赞助都如此费劲，如果年年换赞助商，年年去找、去谈判，不是费时费力，要累死人吗?

一边乐百氏仍然在研究，一边那个销售学生电脑的公司直截了当，当天下午就要送来10万元支票。我当时内心非常矛盾，非常挣扎。考虑再三后我判断，乐百氏多半会同意合作，只是具体条件还有待商量，不然的话，他们早就回绝了。于是我婉言回绝了那个商贸公司。美术编辑庾东海急得连连叹气：眼看就要到手的10万元支票你不要了？乐百氏那边有谱吗?！但是考虑到《少年科学画报》的长远利益，我只能忍痛割爱。这个决心下得不容易。

好在不到一个月，乐百氏的何总终于给了答复，同意长期合作，但是每年只给8万元赞助费。虽然不及10万元宽裕，但是精打细算也够用。我的判断没有错。

何总把双方具体的合作事宜交给乐百氏北京分公司处理，后来的事都是《少年科学画报》与乐百氏北京分公司的经理洪谦协商解决的。洪谦是一个高大而文质彬彬的帅小伙，毕业于北京大学。别看洪谦年轻，但是说话做事深思熟虑，稳稳当当，非常有谱，我们的合作非常愉快。

在这次寻找企业赞助的过程中，我得到了许多锻炼，特别是在考虑问题的思路上。要寻找合作伙伴，不能只考虑己方的需要和利益，还要换位思考，充分想到对方的关注点和利益需求。在合作中要互相尊重，秉持诚信态度。比如，洪谦在合作条件中特别强调，初赛进入学校的试题卷一定要保证 8 万份，我们就分毫不差地做到。

谈判的方法和策略也很重要。我找了负责竞赛活动的张俭和她的徒弟徐来一同参加谈判。一是她们熟悉竞赛活动的具体情况和经费支出，比较容易把握谈判的重点；二是我们 3 个人可以各有分工。进展中如果遇到具体问题，我们就商量好原则，让年轻编辑徐来先去谈。她主要是掌握信息，看看对方的要求是什么，判断一下哪些可以接受，哪些需要放缓一步。她一般当场不表态，婉言说自己的权力有限，必须回来请示汇报。这样便于我们做到进退有度，又不伤和气。总的来说，就是秉持友好、诚信、审慎的态度，在谈判中摸索和学习。

活动办得别开生面

为了这个活动，《少年科学画报》全体人员都行动起来了。竞赛以北京市为主赛区，北京市以外的全国各地小读者自愿参加，参赛者把试卷寄到杂志社。初赛结束后，杂志社每天收到的读者试卷都是一麻袋一麻袋装着的，编辑们根本判不过来，只好请人帮忙。

复赛以区县教育系统为主，组织区县内的学校参加。

决赛是把竞赛活动推向高潮的关键环节，我们下了很大力量筹备。初赛和复赛采用试卷答题方式，偏重科学知识的考查；决赛就要看小读者动手解决实际问题的能力了。

回忆起第一届“全国小学生科技知识竞赛”，至今我仍然感到振奋。

东城区教育局的小张主动联系好在二环边上的东城区少年宫礼堂，帮助我们解决了场地问题。北京市教育局副局长汤世雄也参会支持。

决赛的开场式上，北京青少年科技馆特级教师、航模专家汪耆年率领全场孩子折叠纸飞机，放飞出去，看谁的纸飞机飞得平稳、飞得远。然后大家一起聆听航模专家讲解其中的科学道理——如何用一枚小小的曲别针调节机头、机尾的配重，操控纸飞机飞行中的平衡。决赛就在这样别开生面的预热中启动了。

决赛的赛题都是启发孩子们思考的。比如，一张杂志大小的纸片，能不能托起乐百氏饮料瓶？能够托起几个？怎样在最小的面积中码放最多的饮料瓶？这些问题来自生活，又要运用到力学知识，能够培养孩子们在生活中寻找问题、解决问题的能力。

这个全国性的小学生科技知识竞赛，扩大了《少年科学画报》在北京市的影响力，也巩固了期刊在全国小学生中的影响，使其保持着生机和活力。

开展新业务，编写《科技活动》课本

这一年中的另外一个突破，是《少年科学画报》争取到了编写北京市九年义务教育小学课本《科技活动》的新任务。我们在原有的校外科普工作之外，又增加了进校园的科普工作。这不仅扩大了我们的阵地，也让编辑们开始了由做杂志到做图书的全面锻炼。

为了更好地推动科普工作走进北京市的小学，北京市教育局决定开发小学生科技活动课，要组织编写这门新课程的课本。在多年的合作中，北京市教育局感受到了《少年科学画报》编辑部对科普工作的满腔热忱，认可我们的开拓能力。于是北京市教育局决定把编写《科技活动》课本的任务交给我们。

这是一项全新的任务。主抓这项工作的北京市教育局副局长阐述了做这项工作的目标：现在教育系统太封闭，我们要用活跃的社会教育力量冲破束缚，编写出能够启发孩子心智的科技活动课本，给孩子新的学习动力。

我们开始组织科学界和青少年科技教育界的专家一起讨论：开这门课的目的是什么？这个没有先例的科技活动课应该是什么样？我们应该组织哪些人参加编写？厘清思路之后，我们邀请了优秀的校外青少年科技活动专家和思想活跃的科学家参与这项工作，编写出的教材获得了教育界的认可。

经过几年的努力，我们完成了《科技活动》课本小学段 6 个年级的编写和出版工作。最好的时候，一个年级的订数达到 15 万册。这项新开发的工作，赢得了孩子们的认可。

十四、感恩《少年科学画报》这个集体

回顾自己做期刊期间的成长和收获，我首先要感恩《少年科学画报》这个集体。这个集体在创始主编郭以

实和第二任主编詹以勤的带领下，为期刊准确定位，确立了图文并茂的表现形式，使它以鲜明的特色傲立于少儿期刊、科普期刊之林。老主编们以身作则，为编辑部建立了热情洋溢、敢想敢干、全身心投入的工作作风，形成了坦坦荡荡、团结友爱的团队精神。

20世纪80年代，社领导和《少年科学画报》的编辑合影

前排左起：鲁刚（北京出版社副总编辑）、孟桂芝、詹以勤、田军、胡素娟、安瑞霞、赵萌。中排左起：张俭、尤国华、王政人（北京出版社副总编辑）。后排：于福庚、徐宝信、舒加鼎

我还要感谢北京出版社宽容的管理方式。北京出版社的前身是1948年成立的北平大众书店，1956年成立，由北京市委宣传部主管。北京出版社的传统是具有阵地意识，恪守出版纪律，兢兢业业做业务。在我国，出版行业属于意识形态领域，是必须严格把关的行业，要遵循“创作有自由，出版有纪律”的规矩。因此，北京出版

社对文学类和社科类等涉及意识形态领域的图书和杂志审查和管理得非常严格，重点稿件需要社领导亲自把关。

但是，在这样的大环境下，《少年科学画报》却是一个特别的存在，管理上有很大的自主权。究其原因，一是《少年科学画报》属于自然科学类的普及性刊物，读者是少年儿童，内容一般不涉及意识形态，不属于领导重点把关的目标；二是社领导对《少年科学画报》的领导班子比较放心。因此，多年来，《少年科学画报》从刊物的内容到举办的活动，大多可以自己做主，重要决策只要事前向主管领导请示，事后汇报即可。

20 世纪 80 年代，在东兴隆街，《少年科学画报》、少儿、社科三部门编辑合影

在比较长的时间内，《少年科学画报》编辑部一直拥有一支稳定而成熟的编辑队伍，能够彼此搭手干活，这也是难得的优势。我属于敢想敢干、喜欢往前冲的类型；与我搭班子的第一任副主编钟制宪，头脑清楚敏捷，做事果断利索，什么事情我们两个一拍即合，立即付诸行动；与我搭班子的第二任副主编孟桂芝属于沉稳型，会帮你守住大后方，告诉你可以冲到哪里，到哪里必须停下，否则人力跟不上去，“粮草”就要断了；而编辑部开展的各项读者活动，又有好管家张俭张罗，她会一一落实项目计划和活动的细节；还有年轻的文字编辑马真、刘建波、徐来、华冠新，以及美术编辑徐宝信、庾东海、于福庚等，都能够独当一面。这样成熟而互补的队伍是比较难得的。在我担任《少年科学画报》主编的时候，编辑部的内部条件比较好，具备了干事的环境和人才，使我能够大胆向前冲。

我们领导班子的管理风格是民主的、开放的。我们利用各种机会让大家走出去，参加业界活动，开阔视野，不拘泥于案头；我们尊重每一位同志，关心大家在职称评定、作品评奖中的利益和需要，在条件相同的情况下，尽量把机会让给编辑；不管大环境如何，我们都会尽自己的力量，打造好小环境，使大家身心愉快，愿意在一起工作，愿意集思广益，敢于向前闯，共同去开辟新的项目，开拓新的业务领域。兼之当时全国出版行业欣欣向荣的大环境，成就了《少年科学画报》的黄金时代，让《少年科学画报》成为少儿期刊中的佼佼者、领头羊。时势造英雄，我常常感慨自己是幸运儿。

1998 年，编辑们去看望生病的老主编郭以实
左起：赵萌、张俭、郭以实、詹以勤、尤国华、孟桂芝

十五、做期刊的收获

我在 1978 年调入北京出版社参加《少年科学画报》的创刊，1983 年被提为副主编，1989 年担任主编，其间整整 10 年。1995 年我兼任北京少年儿童出版社总编

辑，1998年离开《少年科学画报》转岗做少儿图书出版，这又是一个10年。到2003年退休时，我在北京出版社从事编辑工作一共25年，其中的20年是在做期刊，主要是编辑出版《少年科学画报》。我是从这里出发，在这里成长的，我对这本期刊有着深厚的感情。

在《少年科学画报》，我从一个科普小白起步，一路学习编辑业务，逐步成为一个比较熟练的编辑；5年后，我非常幸运地作为年轻同志被提拔到领导岗位，担任编辑部副主任、副主编，从打杂开始，协助主编工作，继承《少年科学画报》的办刊特色和编辑部的优良传统，锻炼自己的管理能力；1989年，我担任《少年科学画报》主编、编辑部主任，组建新的领导班子，又开始了新的征程。当时期刊发展面临新的形势，迫使我比较快地进入角色，视野变得更开阔，能力也得到提升。

我认为，具有一定的社会阅历和基层锻炼经历，遇到事情不发怵、不怯场，做事积极主动，有胆识、有热情，这些特点使我在开拓工作局面、带领期刊走上更大舞台的过程中受益匪浅。

特别是参加相关领域的社团工作，在社团担任一定职务，更帮助我打开了眼界。1985年，受北京科技记者编辑协会邀请，我参加了北京科技记者团，赴吉林长白山自然保护区考察。考察活动期间，我认识了许多在北京地区报社、电台、期刊社做科普相关工作的记者和编辑朋友，主要有《工人日报》副总编辑孟东明、《人民日报》科教部主任记者陈祖甲、《北京晚报》副刊部主任黄天祥、《中国妇女》杂志社主任项丽华、《航天》杂志社社长李龙臣等。大概是相处中给大家留下的印象

1993 年，参加北京科技记者团，采访西昌卫星发射中心

还不错吧，回到北京后不久，我被补充为北京科技记者编辑协会理事。第二年协会换届，我又被推荐进入了协会秘书处担任副秘书长。从此我开始在工作之外接触社会团体，活跃在业界，这帮我打开了视野，也能够让我了解更多科普界的动态和信息。

1997 年 5 月，中国期刊协会第二届会员大会在广州举行，我被推选为中国期刊协会常务理事、少儿期刊委员会副主任，协助主任高江波（中宣部出版局期刊处处长）工作。我也因此有更多机会从管理层面了解全国的少儿期刊状况，开阔了眼界。

1999 年，参加中国期刊协会第二次常务理事扩大会

同年，作为中国期刊代表团的成员，我赴日本参加了第 31 届世界期刊大会。中国代表团由中国期刊

协会会长张伯海担任团长，集中了当时国内各个领域期刊的精英，包括《中国青年》《世界知识》《科学世界》《妇女之友》《故事大王》等刊物的社长、总编辑们。大家一路同行，交谈中收获满满。而聆听世界期刊界翘楚的发言，展望期刊发展趋势，走访日本著名出版社、杂志社等，让我有机会了解了世界期刊的发展动向，使我的思想开始具有前瞻性。这次大会上，就已经有人提出，个人电脑的出现，必将迅速对纸质媒体的生存造成巨大冲击，我们要正视未来期刊的发展。而那时，我们国内还很少见到个人电脑，感觉这似乎是不可想象的。但是这样的警示，能够让我保持警惕。

中国期刊代表团参观日本最大的出版社——讲谈社，并与讲谈社总裁野间佐和子合影

野间佐和子（前排左4）、张伯海（左3）

参加世界期刊大会期间，参观讲谈社

回国后不久，我便去拜访电脑公司，探讨《少年科学画报》的封面是不是可以采取电脑绘画。尽管价格昂贵，我们还是下决心尝试用电脑绘制封面，给喜欢新事物的小读者带来惊喜。而仅仅十几年之后，世界已经被电脑彻底改变。

我在做期刊的过程中，不仅收获了成长、能力与经验，同时也带领期刊获得了许多集体荣誉。《少年科学画报》于 1989 年获得北京市优秀期刊奖、1991 年获得华北十佳期刊奖、1992 年获得全国优秀科技期刊一等奖，后来又获得国家期刊奖。编辑部获得北京市科普工作先进集体称号。

20 世纪 90 年代，《少年科学画报》荣获金环奖，新闻出版署副署长桂晓风（右 3）、北京出版社副总编辑李世凯（右 4）与编辑部编辑合影

1992 年，《少年科学画报》获得第一届全国优秀科技期刊评比一等奖。赵萌作为代表领奖（左 1）

我个人也获得了一些荣誉：1991 年获得北京市先进共产党员称号（我于 1984 年底加入中国共产党）、首都精神文明建设奖章；1996 年获得中国出版工作者协会颁发的首届全国百佳出版工作者奖，以及国务院授予的全国妇女儿童先进工作者称号。

首都精神文明建设奖章和荣誉证书

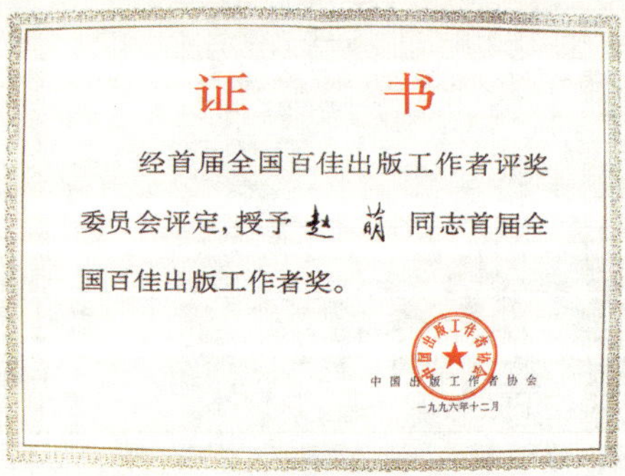

证　书

经首届全国百佳出版工作者评奖委员会评定，授予 赵萌 同志首届全国百佳出版工作者奖。

中国出版工作者协会

一九九六年十二月

首届全国百佳出版工作者奖荣誉证书

回顾这一生，在青少年时代，我一直是自由散漫的“大头兵”。经过“文革”的坎坷，3 年农村生活、5 年城市基层生活的磨砺，我渐渐增强了社会责任感，懂得了百姓，懂得了担当。我的人生发生了很大变化。

来到北京出版社，从事我热爱的编辑工作，激发了我的内动力。我喜欢这个工作，对它有兴趣；自幼爱好读书，也为我做编辑工作奠定了基础。我愿意为自己热爱的工作付出，无怨无悔。

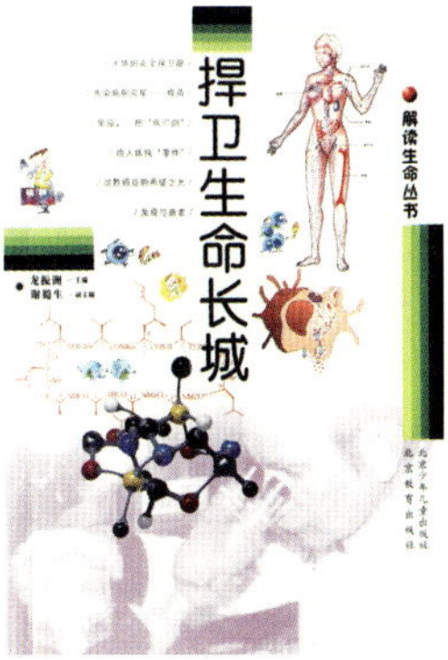

◎第二章

短暂而难忘：我在北少社的 7 年

满打满算也不过 7 年，
却好像过了半辈子，留下了许多记忆。
大概是在这一段时间做了许多事，
经历了许多难忘的时刻吧。

20世纪90年代的我

一、做书：我的出版理念与出版实战

我从做期刊到转岗做图书，最后在北京少年儿童出版社（以下简称“北少社”）总编辑岗位上退休，满打满算也不过7年，却好像过了半辈子，留下了许多记忆。大概是在这一段时间做了许多事，经历了许多难忘的时刻吧。我对出版的热爱在这个时期爆发，带领一支年轻的编辑队伍，承担国家重点项目，用经验和智慧大胆尝试新的思路与方法，突破性地完成了任务。在这7年里，我陆陆续续地策划出版了几套少儿图书，也有了自己的出版心得和出版理念。在这样的实战中，我磨炼了自己，锻炼了队伍，在取得业绩的同时，也实现了编辑队伍和作者队伍的共同成长。20 年过去，留在记忆深处的是几套书和一些人。我在这一段时间的经历和记忆都与此相关。

我在 1995 年的 10 月突然接到通知，要调我到北京出版社下面的专业分社——北少社工作。当时北少社的前任总编辑刘自武被调离了一段时间，但一直没有任命新的总编辑。北京出版社的社长朱述新和总编辑陶信成两个人找我面谈，当场定下调整安排，说是第 3 天就要去上任。

虽然我已经有近 20 年的出版工作经验，但是从做期刊转到做图书，仍然需要有一段适应期。有两个月时间，我的头脑里几乎是空的，不知道该从哪里入手。

出版是一个庞大的行业，从内容划分，有社会科学领域和自然科学领域；从出版物的形态分，有图书、期刊等。而少年儿童出版物又是一个特殊的门类，是以读者对象来划分的。在内容方面它可以包罗万象，在表达方式上却比较特殊，须充分考虑小读者的知识水平和认知心理，不能够套用编者的思维习惯，也不能用成年人的文字表达方式，要考虑小读者的阅读心理和语言习惯。所以我这次调动，看似只是换了一个部门，实际上需要转变和学习的东西还是比较多的。这时候，一个机会出现了，我到北少社后做的第一套书由此开端。

二、“世界少年文学精选”：打造出北少社的常销书

在我到北少社之前，北京出版社发行处拿到一套台湾地区东方出版社的“世界少年文学精选”丛书，整整60本，希望北少社能够出版。对于希望阅读世界名著，但还没有能力直接阅读原著的小学生来说，这是一种阶梯性的阅读物，在我们大陆还比较少见，应该有市场。但是60本书必须要从政治导向、思想价值、文本品质等方面进行全面审读和判断，是一个很大的工程；同时，如果一下子推出，那么人力投入和成本投入巨大，也有一定市场风险。因此，北少社迟迟下不了决心。

我得知情况后，感觉可以试一试。我特别请了北京出版社几位退休的老编辑李志强、赵维明、胡容、韦月珍、陈兴兰、徐愉等，在北少社负责文学的副总编辑郑

雍庭的带领下进行审读，从丛书的选目、内容倾向性、语言文字等方面给予意见，以作决策。很快，老同志给予了积极的反馈：这套书的书目选择和语言文字都不错，绝大部分都适合少年儿童。图书的改编者都是台湾地区知名的儿童文学作家和优秀老师。图书内容删减、压缩得当，保留了主要的人物和故事情节，特别是语言文字方面，非常温馨、温暖，给人积极向上的力量。所以我们在60本书中选择了适合孩子阅读的54本，准备开启编辑程序。

在一次性全部推出还是分批分期推出的问题上，大家也有一定争论。一次性推出容易产生市场轰动，发行人员有积极性，但是成本压力和编辑工作量的压力也显而易见。54本书，每一本书都要三审三校，编校质量要求差错率在万分之一以下……这些都是实实在在要人手、要时间的！

于是我请社里的退休老编辑伸出援手。老同志们的反馈特别让人感动。他们说，非常希望并且欣喜为北少社做事，特别是参与做这样一套大书！于是编辑工作紧锣密鼓地开展起来。为了这套大规模的图书，北少社的所有编辑和特别聘请的老编辑同时上阵，不到半年就完成了全部编辑工作。这套书大大锻炼了我们的编辑队伍。我们一次性推出54本，礼盒装，首印3万套。丛书采取一本书一个书号的出版方式，也可以单本买。因为书的封面是绿色的，所以又被大家称为“绿皮书”。此书出版后一炮打响，在市场引起轰动。再后来，在十几年的时间里，这套绿皮书年年重印，成为北少社的常青树、传家宝，成为北少社的图书品牌，也创下了可观的利润。

至今我仍然非常怀念做绿皮书的那段时间，大家齐心协力，处在冲锋陷阵的状态中。我是项目总负责人，负责项目的流程、进度管理，负责各个环节的沟通与协调；副总编辑郑雍庭负责具体内容的审查与编辑、审稿人员的安排；北京出版社印制部的张孝先做责任印制，负责一一落实印刷厂。没有一个人掉链子。独具一格的

『世界少年文学精选』系列的部分图书

优雅柔和的微黄色内文用纸，是北京出版社印制部主任李海兵专程到山东的造纸厂预订的；内文印刷摒弃传统的黑色墨，改用别致的深蓝色、深绿色、深棕色的专色油墨，油墨是张孝先到印刷厂，看着师傅一点一点调出来的；封面大胆选用青翠色，醒目甚至夺目，是美术设计朱芸反复尝试，拿出多个设计样，由我和发行处处长李树清一起选定的。一切都是最好的！

三、“自画青春”横空出世：出作品与培育文学新人并举

“自画青春”丛书的创作与出版，更是令人难忘，因为这是一种创新性的摸索与实践，整个过程都是激动人心的。

1995 年 10 月，在参加全国少年儿童出版社重点少儿读物出版规划会议期间，我了解到当时全国少儿文学的现状：图书面貌陈旧而缺乏生气；老一代儿童文学作家年事已高，缺少对当代少年生活的感受和体验；年轻作者却还未出现。当时的少儿文学，存在着社会需要和创作出版脱节的巨大矛盾。我把这个信息带回来，引起

大家的热烈讨论。年轻编辑们都觉得这是一个机会，认为我们北少社可以有所作为。

1995 年 10 月，广西南宁，参加全国少年儿童出版社重点少儿读物出版规划会议的与会者合影

中宣部常务副部长徐惟诚（前排左 5）、新闻出版署署长于友先（左 6）、中宣部出版局局长高明光（左 3）、新闻出版署副署长杨牧之（左 8）

做点什么呢？最了解当代青少年的莫过于他们自己。大家议论着，提出可以让孩子自己写自己。那么，我们策划一本由青少年创作的文学作品集？可是，市场上已经有专门的文学期刊《儿童文学》《东方少年》《中国校园文学》等，不都是常年刊登学生的文学作品吗？学生的这一类习作、短文已经大量存在，好像一粒粒细沙，是微小的、分散的。文学作品中，还是部头大一些的中长篇小说更有力度。那么，让青少年创作中长篇小说？当青年编辑石岱峰提出这个想法的时候，大家都被这个大胆的提议震惊了。随后一想，大家又兴奋起来：为什么不可以试试呢？正因为这个想法大胆，一般人可能想得到却不敢尝试，所以，如果我们敢于去尝试，就有可能获得成功！这个共识让北少社的编辑们兴奋不已。

那么该怎么做呢？这些可能成为长篇小说作者的孩子到哪里去寻找？大家开始分析：他们应该是有一定写作基础的，甚至还发表过作品。这个思路一打开，年轻的文学编辑徐莉萍提供了可以操作的路径：到中国作家协会创联部、少年文学期刊《东方少年》、《中国校园文学》和《北京青年报》的学通社去物色人选！徐莉萍是个才女，她看起来文静，内心却热情似火，很有理想主义色彩和行动能力。她说干就干，不到两周时间，一个二三十人的名单就拟定出来了。名单中大部分是中学生，也有少数的大学生，年龄在 15 到 20 岁之间。这些青少年具有青春活力，有鲜活的生活，有生动俏皮的语言，这样朝气蓬勃的作者队伍让人兴奋。

但是，光有生活并不能转化成文学作品。我借鉴在文化馆工作的经验，决定给小作者举办一个创作培训班。请什么人来辅导孩子呢？不能请只有理论知识的老师，而要请具有创作经验的作家，让作家从他们的创作实践，特别是他们第一部长篇小说的创作经验，来讲长篇小说的写作。这样，小作者和大作家之间可以优势互补：一个有生活，一个掌握创作的技能、技巧。这样的思路形成后，我们聘请了陈建功、曹文轩、毕淑敏、肖复兴、张之路、邢军纪、许谋清、夏有志、韩晓征等 9 位知名作家参加到这个项目中。

在 1996 年 2 月，我们为孩子们免费举办了培训班，孩子们集中食宿，北少社的青年编辑陪同他们一起。白天作家讲课、开座谈会；晚上孩子们自由组合，谈学习的收获与感受。那几天的生活是让人热血沸腾的，有的孩子天天都处于亢奋状态，几乎没有睡什么觉。

徐莉萍是这个项目的负责人。结业的时候，她列出初拟的写作方向，让孩子们认领，要求每个人在认真构思后，拿出写作提纲和 5000 字左右的样张。然后，徐莉萍带领其他文学编辑逐一审读提纲和样张，筛选出 15 名后备人选。9 位编委根据提纲和样张，选择自己看好的小作者，认领为学生，一对一地进行具体的写作指导。徐莉萍全程跟踪，做流程管理，负责把作家的指导意见反馈给小作者，然后把小作者的想法汇报给指导老师。

从精心筹谋到种稻成米，经过半年多的辛苦努力，“自画青春”丛书（共9册）终于在1997年7月出版。这套书首印3万套，一年内又重印了1万套，累计发行4万套，共36万册，多次被评为优秀畅销书，还获得了第八届冰心儿童图书奖。同时，这种不但抓原创作品，而且在出作品的同时培育年轻的写作新人的做法，引起不小的轰动。北京市委宣传部指示出版社领导，要在报纸和电视上广为宣传！

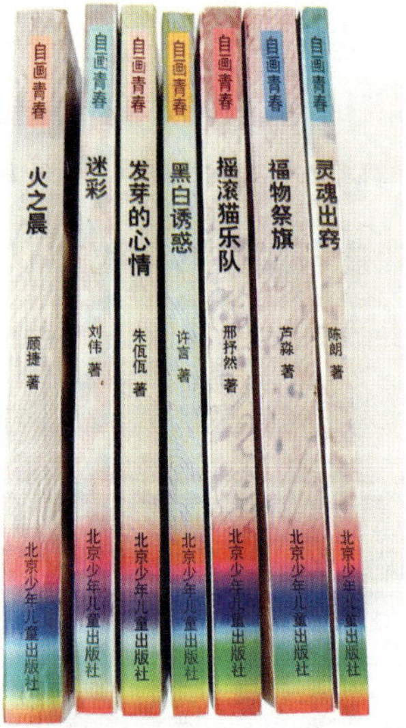

『自画青春』丛书的部分图书

此书一时风头无两。中国儿童文学研究会副理事长樊发稼认为："这是一套极具特色的中学生文学丛书。作为长篇，有几部作品在人物刻画和塑造方面已经取得了不凡的成就。"儿童教育家孙云晓认为："'自画青春'是形象的少男少女心理学和社会学。"

而让我深受震动的，是这套书的主编、时任中国作家协会副主席陈建功的题记："16 岁不妨开始写自己，21 世纪人人可以写自己。"当时我感觉他就像一个预言家，描画了一个美好的未来，也写出了这套书对社会的启蒙意义：写作并不是作家的专利，它只是记录人生的工具，人人都可以掌握它、运用它。没有想到，随着科学技术的日新月异，电脑的普及、网络的普及、自媒体的兴起，20 年后，中国已经进入了人人可以写自己的时代。

做出版能够与各个领域的高手相识、相交，是一桩幸福的事。一个人的阅历、经验、能力总是有限的，在与专家、作者们的相处中，我们常常有意想不到的收获，能够跨越式地提升自己的思想高度。

编委会多次开会研究"自画青春"的定位和特色，讨论孩子的作品要不要一味强调思想性和重大意义的问题。编委曹文轩是北京大学中文系的年轻教授，同时又是儿童文学作家。他的观点非常鲜明：儿童文学的功能、作用是什么？过去我们常常强调教育性，而且还强调教化的意义。但是儿童文学首先要有趣，要带给孩子快乐，要让他们喜欢看。也就是说，儿童文学是有两个功能的：一个是有趣，另外一个是有益。儿童文学甚至可以就是单纯的美好、有趣，能让孩子身心愉悦，获得快乐、美好、积极的阅读体验。

张之路的观点也很有价值："选好小作者非常重要。不是撒到土壤里的都是种子，可能还有石子或者其他。"曾有心理学家说：不要试图改变一个人，筛选永远大于培养。我接受这个观点，在文学艺术和体育等需要特殊才能的行业，天赋的确与努力同样重要。出版是一个考验眼力、判断力的行业，很重要的一项工作内容，就是对作品和作者的判断与选择。

我们还讨论如何对待小作者语言"不够规范"的问题。孩子作品语言的鲜活，恰恰就在这些看起来不够标准的文字之中，要不要把它们修正为标准的书面语言？陈建功坚决反对！他说，一定不能用编辑的笔把孩子的作品改成一个模样！要保护孩子的语言天赋，尊重作者的文字特点。丛书中有一本名叫《闹心》，作者是一个古怪精灵的女孩米子学。她在书中讲的都是学生的日常生活，但是平淡无奇的内容让她写得有滋有味、活灵活现。她的文字有一种特别的魅力。如果按照书面语言的规范去修改，绝对会面目全非！感谢这些高人的真知灼见，让“自画青春”保持了它的鲜明特色，成为儿童文学创作的一缕清泉。我作为图书编辑的新手，也在认识儿童文学作品的特色方面，获得了长足的进步。

近距离接触小作者与辅导老师，也是观察人和理解作品的一个特殊视角。毕淑敏那时候虽然已经声名鹊起，却很谦和，很容易合作。她辅导的对子是芦淼。芦淼的《福物祭旗》是写备战高考的，写考生千军万马过独木桥时的拼搏和疲惫，写学校及老师对待学生的不同态度。因为写作时芦淼刚刚考入大学，所以对这一段备受煎熬的日子还记忆犹新。我们可以从他的笔下看到考生的那种心力交瘁、无奈，甚至愤懑。因为记忆深刻，情绪激烈，所以他笔下的每一个人物身上都有作者的情绪烙印。其中有一个女教师的形象几乎令人憎恶，而学生的形象则丰富多彩，十分鲜活。明显地，作者熟悉自己的同龄人，而不够熟悉老师，在书稿中表现出强烈的不可控制的主观意识。

我曾经和毕淑敏交流过这种感觉，她是认同的，并且表示，在辅导写作中也提出过意见，但是当时芦淼还无法完全理解和接受。所以说，有生活不一定就能够写出作品；没有足够的阅历，就可能写不出饱满真实的人物。后来芦淼大学毕业也去中学做了教师，我常常想，不知道他身份转变之后，对老师的认识又会如何？文学创作，就是体验人生，挖掘人性。

当然，让我印象最深刻的，还是这套丛书的主编陈建功所给予的帮助。陈建功是从北京市作协调到中国作家协会担任书记处书记、副主席的知名作家，20 世纪 70 年代就非常有名。他是人大附中老高中的毕业生，被分配到北京西郊的门头沟煤矿，每天下井挖煤，是地地道道的煤矿工人。但是他的文学天赋在那个贫困而恶劣的环境下被激发，接连写出《京西有个骚达子》《丹凤眼》《飘逝的花头巾》等小说。他后来被北京文联看中，列为优秀工人作家重点培养。“文革”后，他考入北京大学中文系的作家班，毕业后在北京作协任专业作家。20 世纪 90 年代，陈建功调到中国作家协会担任领导，但仍然与北京文学界保持着千丝万缕的联系。他来担任这套书的主编，也是责无旁贷了。

当时我刚刚从做期刊转入做图书，多年做科普工作，以致生疏了文学，所以我必须全面依靠主编。这样，在创作出版“自画青春”的过程中，我没少打扰陈建功，从策划方案，到选择编委，到推进创作，到厘清编辑思路，到出书后的评论与宣传，紧密地依靠主编！那时候，我常常在晚上下班以后给陈建功打电话，请教各种问题，不屈不挠。尽管我年龄比他大，但是他的思想见识、考虑问题的角度确实比我高，还不是高一星半点儿！有这样的高人指路，才使得“自画青春”能顺利出版，并且获得了广泛的社会关注。一个出版人，能够通过一套有影响力的作品，与相关领域的专家、学者相识，的确是获益匪浅。

『自画青春』编委会
左起：赵萌、石岱峰、李天舒、徐莉萍、毕淑敏、邢军纪、曹文轩、张之路、陈建功

四、“漫画科学史探险”：第一次获得“五个一工程”奖

俗话说，一个好汉三个帮。一个人要想成功，广泛的资源、专业人士的相助都是非常重要的。同样，做好一个大的图书项目，除了要获得本单位领导的支持外，上级单位领导的关注与支持也同样重要。

那时候，北京出版社是市属最大的出版社，北京市新闻出版局经常密切关注和积极支持出版社的重点项目。当时北京市新闻出版局局长是何卓新（后来曾任北京市委宣传部常务副部长），主管图书出版的是副局长马欣（后来曾任北京市文化局副局长、北京人民艺术剧院党委书记）。确定我调任北少社后不久，恰好举办中国图书博览会，北京出版社的展台对面就是北京市新闻出版局的展台。

有一天，恰好我和何局长都在展场值班，于是我们就聊了起来。何局长希望我到北少社后，尽快拿出优秀的少儿图书来，可以冲击国家级的图书奖，特别是冲击中宣部精神文明建设“五个一工程”优秀作品奖（以下简称“五个一工程”奖）。因为那时候，北京市在“五

个一工程”奖评比中，戏剧、音乐、电视剧、电影等门类年年有收获，唯独图书方面情况不稳定。市委宣传部、市出版局领导对北少社的工作寄予厚望。

副局长马欣与我是有历史渊源的。调到北京出版社工作之前，我曾经在宣武区文化馆的文学组工作 5 年。马欣是我负责的青年文学培训班的学员，还是这个班的班长。那时候马欣在北京特种钢厂宣传科工作，能力很突出。1978 年我调到北京出版社工作后，马欣也经历了高考，大学毕业后进入北京市委宣传部工作，后来到北京市新闻出版局任副局长。十多年后，我与马欣重新相遇，他成了我的领导。曾经的学生支持曾经的老师的工作也在情理之中。

我到任北少社的时候，社里已经有一些不错的原创选题，其中比较亮眼的是科普卡通漫画产品线——“漫画奥林匹克头脑游戏”“漫画奥林匹克智商游戏”“漫画大自然探险”“漫画科学史探险”等，形式是中国卡通漫画，内容是比较轻松的游戏，并含有科普知识。这个科普卡通漫画产品线上的系列读物契合了少年儿童喜欢卡通漫画而家长喜欢科普知识的需求，市场反馈很好。

那时候，北少社除了副总编郑雍庭、美编石恒模和我之外，都是二三十岁的年轻人，而且有几个生龙活虎的小伙子。由于少儿图书的特点是丛书和套书多，单本的少，所以一个小套系开发出来，常常是由不同的编辑接手担任责任编辑。在科普卡通漫画这条产品线的几个系列图书中，孙崭接了“漫画奥林匹克智商游戏”，石岱峰接了“漫画大自然探险”，赵彤接了“漫画科学史探险”。这样安排是有考虑的：三个人中，孙崭是学心理学的，小石是学中文的，只有赵彤是学工程技术的，对科学史的了解多一些。

之前我做期刊时，期刊的国家级奖项就是新闻出版署期刊司的全国优秀期刊奖，并没有中宣部设立的奖项，因此我对“五个一工程”奖比较陌生。现在做图书了，就要了解一下“五个一工程”奖是怎么回事。好在做期刊的时候，我入选中国期刊协会的常务理事、少儿期刊委员会的副主任，主任是中宣部出版局期刊处处长高江波，我也和中宣部出版局图书处的副处长孟祥林一起做过事，于是就去向他们请教。

我向孟祥林汇报了北少社目前的图书选题情况。他果然对科普卡通漫画产品线的项目感兴趣，认为国家呼吁做有中国特色的卡通漫画书有好几年了，效果并不理想，已出版的相关图书，内容大多是讲传统道德故事的。用卡通漫画形式创作科普图书，把孩子喜欢的形式和家长认可的内容结合起来，是个不错的方向。在北少社几个科普卡通漫画选题中，他最看好“漫画科学史探险”这个系列，认为科学史是比较难讲的真故事，但对于传播科学精神、科学思想非常重要，对于少年儿童的科学启蒙也意义重大。用卡通形式讲科学史，讲好了就是科普书的突破。孟祥林是中国科学院自然科学史研究所的硕士研究生，是当时出版局唯一的理科男。从专业的角度，他也提出了这部书的许多不足，主要集中在内容方面，需要大幅度修改、补充和核查。

我把这个信息带回来，大家都非常高兴。于是，赵彤开始了埋头苦干：请教科学史专家，查阅科学史资料，废寝忘食，熬得掉头发，熬得睡不着觉。几个月后，这本书被充实了内容，完善了文字，查实了知识点，后续又配好漫画，最后顺利出版。

“五个一工程”奖由中宣部于 1992 年设立并组织评选，主旨是弘扬主旋律，抓好精神产品的生产，促进全国的精神文明建设。奖项起初包括 5 个方面：一部好的戏剧作品、一部好的电视剧（片）作品、一部好的电影作品、一部好的图书、一篇好的理论文章。自1995年起，又增加了一首好歌和一部好的广播剧两个方面。

当时，参评的好书可以覆盖图书的各个门类。评审条件中，特别突出了原创和创新的要求，目的是改变当时原创图书少、面貌陈旧、内容沉闷的局面。同时，少儿图书在“五个一工程”奖的评审中又是一个特殊的存在。为了鼓励优秀少儿读物的出版，评审时把少儿读物与成人读物并列，分别评选。少儿图书可以按照儿童文学、思想教育、自然科学、低幼、图画书等7个大类上报参评，这样一来，客观上获奖的机会比成人读物要多。

如何申报“五个一工程”奖，其实也存在技巧。知己知彼，才能百战不殆。我们颇费了一些功夫来分析自己和兄弟少儿社的情况。北少社是一家小社，论实力，比不过实力雄厚的中国少年儿童出版社、上海的少年儿童出版社，也比不过快速崛起的山东的明天出版社、江苏少年儿童出版社、浙江少年儿童出版社、广西的接力出版社、江西的二十一世纪出版社。而儿童文学、思想教育、低幼是这些社的传统优势领域。在申报项目的时候，我们要避其锋芒，选择人无我有、人弱我强的冷门项目。所以，我们的“漫画科学史探险”是按照“少儿

图书 — 图画类”报送的。从表现形式上，它属于图画类图书，却又不是传统的连环画形式，是民族风格的卡通画。这是一个国家正在重点扶持却很少有人做的门类。从内容上，“漫画科学史探险”属于科普类，讲的是厚重的科学史故事，符合“科教兴国”的国策，传播的是满满的正能量。这些因素综合起来，“漫画科学史探险”具有独树一帜的特色，从内容到形式，具有显著的创新意义。这样的书，各省的少儿社做得很少，我们的机会应该就多一些。

不久，第六届“五个一工程”奖评选结果出来了，北少社的“漫画科学史探险”榜上有名，实现了北京市在这个项目上的突破。大家都高兴极了。

五、“红蚂蚁自然丛书”：在一个更高的平台上实现跨越

到北少社后，我一直在思考如何把多年做少儿科普杂志积累的资源用来开发少儿科普图书。但是期刊上的文章都是短篇，距离完整、系统的长篇书稿，还是有不小差距。创作图书更需要宏观把握文稿的逻辑框架，需

要写出内容的层次和丰富性，对作者能力和写作技巧方面的要求也和期刊的不同。

我正苦恼着，1996年5月，中国科协青少部召开了一次科普专家座谈会。《少年科学画报》的老编辑张俭与青少部的人很熟悉，便拉着我参加。座谈会由青少部的部长程东红、副部长牛灵江共同主持。他们谈到了一个情况：他们去国外交流时，在发达国家的图书市场上，随处可见漂亮又有趣的自然科学类图书，让人爱不释手；而我们的少儿科普读物却显得有些沉闷。因此，青少部准备组织出版一批能代表中国国家水平、具有引导示范作用的优秀青少年科普读物。

我感觉这是一个机会，但是又没有十足的把握。这时，参加座谈会的科学家张开逊兴致勃勃地鼓励我：这样的项目值得做，将来能够在科普出版史上留下一笔。老友张俭也"撺掇"：咱们有那么多年做科普杂志的经验，为什么不可以试试？那就试一试！

等真的接下任务，我才知道这活儿不好干。什么是"代表国家水平、具有引导示范作用的青少年科普读物"？这只是一个目标，一个方向，并没有具体标准，甚至没有样板。为了对这种理想的少儿科普读物有一个感性认识，我们做了大量市场调查，不仅跑了许多书店，转了几天全国书市，还买回上百种我们看得上眼的、发行量大的少儿科普图书进行分析比较。的确，入得了我们“法眼”的基本上是引进版图书，把它们和中国本版书一比较，我们就看到了国外优秀科普读物的魅力所在：它们的版面看起来丰富而生动，内容非常有趣，且具哲理和启发性。它们常常不拘一格地使用多种手段来表现同一个主题：文学故事、科学小品、观察、实验、手工制作……这样可以使读者从多个角度来认识和理解一个科学知识点，知晓它背后的原理，清楚它在现实中的应用。对比之下，也就看到了当时我国少儿科普图书的不足：它们以传播科学知识居多，在科普的更深层次——科学思想、科学精神的传播，科学方法的传授，以及动手能力的培养，创造力的开发等方面挖掘和呈现得很少。当然，这种单薄与单调也与我们的内容和表现手法单一有关。我们的科普图书不是纯粹的百科知识，就是单纯的科学小品、科学童话，再或者就是单一的科学小实验。由于表现手法单一，带来的阅读功能和阅读体验必然也是单调和单薄的。

细想起来，这种差别的背后，实际上是对少儿科普读物的主旨和定位的认识差异。科普读物是重在传授知识，还是重在启蒙孩子对科学的兴趣、激发孩子自身学习的内动力？好的科普读物应该为孩子打开一扇窗，让大自然的清新空气跑进来，让孩子自己去感受、去体验。

通过这样的分析思考，我们决定做一套能激发少儿兴趣的科学启蒙读物。我们把这套书的主要读者定位在5~10岁的儿童，因为这个阶段是进行科学启蒙的最佳时期。同时，我们推出一个让孩子感到亲切的形象“红蚂蚁”，丛书的名字就是“红蚂蚁自然丛书”。我们没有选择高精尖的科学知识，而是选择了孩子喜欢的动物、植物、宇宙和地球等几个领域。内容上没有别出心裁，但是创作理念变了，创作手法上也有不少创新：图书吸收了期刊容纳多种题材、体裁的做法，同一主题的内容分作3个版块，以趣味科学故事引入，以小知识作为认知基础，以动手做、小实验、科学游戏来引导读者探索科学。这套书采用彩色绘本的形式，印制精美，一看就很精致大气，在当时的儿童读物中非常醒目，惹人喜欢。

这套书的文字编辑是楼际延和赵彤，美术编辑是安蓼葭。“红蚂蚁自然丛书”的成功，这3位编辑功不可没。在研发阶段，我们讨论给低年龄孩子的科普书要不要设计一个形象的问题。北京师范大学学前教育专业毕业的楼际延提出，一个成功的形象会成为吸引孩子的重要因素，并且提出了“红蚂蚁”这个形象设想。因为小孩子与动物最亲近，而蚂蚁是社会化动物，勤劳勇敢，分工明确又忠于职守，这些品质甚至是人类要学习的。红色的蚂蚁是符合孩子想象力的，颜色比较喜庆，容易赢得孩子的喜爱。小楼是一个温柔细腻的女编辑，她的文字也具有温柔、温和的色彩，她负责动物和植物两个分册。赵彤是宇宙和地球两个分册的责任编辑，他以严谨的风格审查全部知识点，又设计了各种实验、手工和游戏。之后，他还开发出“红蚂蚁乐园”系列图书作为品牌的拓展，为后来与中央电视台合作“红蚂蚁”系列电视片打下良好的内容基础。安蓼葭是一个有着广泛社会资源并且能够恰到好处地落实美术任务的好编辑。一本书的文字稿完成后，插图和美术设计的任务交给小安，我会感到非常踏实。

这套杂志性质的科普书以新的理念、新的手法，实现了科普图书的文体创新，以多元结构实现科普的多重功能，因此获得了 1999 年的第七届“五个一工程”奖和第四届国家图书奖提名奖两个重要奖项。

当时中国图书界最重要的国家级奖项有 3 个：新闻出版署的国家图书奖、中宣部的“五个一工程”奖、中国出版工作者协会的中国图书奖。据知，当年中国科协青少部重点抓了 3 个图书项目，唯有北少社的“红蚂蚁自然丛书”同时获得两个国家级奖项。这让中国科协青少部对北少社做科普图书的能力与实力有了充分的认可。

『红蚂蚁自然丛书』

这套书的成功使我明白了，一个人、一个单位的实力是需要通过实战成果来证明的。一旦你被认可，机会就会接踵而来。当然，这个实力要通过日积月累的实践来达成，也要有合适的机会去表现。

这个项目还让我们搭建起了一个比较高的合作平台。“红蚂蚁自然丛书”的主编单位除了牵头的中国科协青少年工作部外，还有科技部社会发展科技司、全国妇联儿童工作部、教育部基础教育司。在与这些部门研讨项目时，我们能够站在更高的角度去看问题，去进行科普图书创作出版的创新与探索，去实现跨越式发展。这与出版人仅仅以自己的视野去看、去想、去慢慢摸索，是完全不同的。

1999 年，在中国科普作家协会代表大会上，与协会理事长张景中院士、少儿委员会副主任郑延慧合影

当然，这个项目也有遗憾。当时虽然我们已经有品牌开发意识，但是苦于人力、财力与经验的不足，后面没有把“红蚂蚁”这个品牌做得更好。北少社不可能把全部精力投入到一个项目中，要想打造、拓展品牌，需

要寻找合作伙伴。但是合作伙伴到哪里找？应该如何合作？这些都缺少经验。一次，一位中国香港地区的文化人找到我，表示对“红蚂蚁”品牌形象感兴趣，愿意购买这个品牌的使用权，开发相关的文化产品、学习用品。这当然是非常好的建议，只可惜他给的版税少得可怜，我没有同意。这次接触，让我认识到了“红蚂蚁”的商业价值，但我又不满意对方开出的条件，最终放弃了合作。后来这个品牌一直攥在我们自己手里，白白放过了开发的机会。多年之后我才明白，合作的双方不只是竞争关系，还有一种合作关系叫“双赢”。如果早知道“双赢”的理念，那么“红蚂蚁”的影响力、知名度可能也将大不相同。

六、“漫画金头脑丛书”：用创新精神打造出的科普图书

面向少年儿童的科普图书，强调启蒙，强调趣味，但是也不能流于表面的热闹，还要有思想，有内涵，有哲理，能够给人启发。这些目标看起来容易，实现起来则难度不小。

在图书编辑工作中，我觉得 2001 年出版的“漫画金头脑丛书”，更能体现我在科普出版中的探索与创新：在策划中有了新的思路和理念，同时实现了创作模式的突破——首次提出“三结合”的科普图书创作模式。

话从北少社的科普卡通漫画产品线说起。这条产品线上的图书，实现了表现形式的突破，用中国化的卡通漫画来表现科普内容，既有视觉冲击力，又有引人入胜的故事和相关科学知识，在市场上取得了很大成功。其中的“探险系列”和“游戏系列”的发行量都在 3 万套以上。但是从长远看，如果这个系列的图书一直停留在有趣、热闹的阶段，也是不行的。如何突破呢？

一个图书选题让我们打开了思路。它用虚拟的故事贯穿，情节每发展到一个阶段，便会抛出一个科学游戏或者科学实验来增添科学内涵。我看了样张，感觉这样做有一点可惜。科学实验的背后关联着许多科学道理，藏着许多发明与发现的故事，我们是不是可以深入挖掘一下呢？

当时全社会正在宣传科学创新精神，强调创新是一个民族发展的动力。但是创新精神究竟是什么，很多人都说不清楚。怎么让孩子实实在在地感受到科学的创新精神呢？科学知识、科学方法都是可以具体化的，但是科学精神是高度抽象的，它又该如何来表现？

我努力把思想简化，只运用简单的常识和逻辑来思考这件事：人类的精神和品质，并不是无中生有的，它是在历史的长河中，人们观察、思考、分析千千万万甚至十万、百万、千万的实例后概括、总结、提炼出来的；在阅读中，人们也常常是通过认识具体事例进而理解抽象的概念。那么，科学精神可不可以通过还原科学史上那些最经典的人和事来展现？我们可以挑选一些著名的科学家、发明家，通过他们的人生故事，来阐述创新精神是如何在一个人身上萌芽、积蓄、爆发的；同时要讲清楚，创新精神不是凭空而来，它的产生需要一定的时代背景、社会背景以及技术发展的支撑。厘清了思路，我们就挑选了达·芬奇、牛顿、达尔文、爱因斯坦、居里夫人、爱迪生 6 位人物，策划了“漫画金头脑丛书”这个项目。

进入创作阶段，如何选择作者也让我们费了一番工夫。少儿科普图书在整个出版业中是一个比较特殊的存在。它不像文学、社科类图书，一个选题、一部作品大多由一位专职作家或者专业学者独立创作，能充分体现作者的原创力；我国的科普图书出版起步比较晚，在相当长的时间内没有专职的科普作家，与我们的策划方案相匹配的科普作家更是难寻。

比如这套“漫画金头脑丛书”，作者首先要讲好科学家的传记故事；其次，要有宏观视野和对科学史的了解，能够讲好每一位传主所生活的时代；最后，需要讲清楚这位科学家或者发明家最重要的发现或发明是什么，它的创新点和伟大之处在哪里，以及对于社会和历史发展的影响。这3个不同层面的内容，首先需要用不同的创作思路及写作方法来呈现，其次还要用卡通漫画手法来表现，进行二度创作。

在这种情况下，我们创新性地组建了一个“三结合”的创作团队：起用年轻的儿童文学作家杨鹏来写科学家的传记故事，由科普作家沈宁华、赵锡禄、张俭、徐来等人来写时代背景和与发明或发现相关的内容，由漫画家用绘画表现。这个组合式的创作采用了扬长补短、强强联合的思路和方法，很好地体现了我们的策划初衷。

在这套书的编创过程中，创作团队、编辑团队的同心协力，也让人感动。这套书的责任编辑是赵彤和李玉帼，美术编辑是安蓼葭。那段时间，文字编辑经常和文学作者、科普作者一起交流，组成一个创作团队；美术编辑则驻扎在天津，监督绘画团队的整个创作过程，有问题随时解决。到了最后阶段，需要作者密切配合解决图画的科学表达时，我的老朋友张俭亲自到天津去坐镇。当时她已经60多岁，大冬天里冒着严寒与年轻人一起苦战。就是这样的一个集体，用非凡的热情与拼搏精神，实现了这套书的价值创新。

“漫画金头脑丛书”让北少社于2001年第三次获得了“五个一工程”奖，同时还收获了新闻出版总署（2001年新闻出版署改称新闻出版总署）的国家图书

奖。中国科协青少年工作部的副部长牛灵江拿到书后惊呼：这不就是科学创新的故事嘛！科技部社会发展司副司长李普说：好书！还没有人能够把科学创新讲得这么清楚明白的！的确，这套书开创了用卡通漫画形式讲好科学精神的先例。“三结合”的创作方法也给了科普作者与科普出版者不少启发。在某种意义上，这套书对中国的科普创作、科普出版起到了启发与引领作用。

2001 年，『漫画金头脑丛书』获奖，赵萌在大会上发言

这个项目在推进中还有一个插曲。这套书的全部绘画是由天津神界漫画公司来完成的，生动传神的漫画为

这套书添彩不少。神界当时已经初具规模，但是由于当时国内漫画书的创作需求不足，公司几乎濒临破产。而我们的“漫画金头脑丛书”规模较大，及时支付的稿酬为困境中的神界解了燃眉之急。后来，神界老总陈维东又创作出卡通漫画版“中国四大名著系列”，向多国输出版权，由此走上了国内知名漫画家的成功之路，也让中国卡通图书走出国门，走向世界。“漫画金头脑丛书”助力一位漫画家实现自己的理想，也是一段佳话。

七、“解读生命丛书”：承接国家重点项目，摸索工程化管理

2001 年 10 月，北少社向中国科协、中国科普作协投标国家重点图书项目“解读生命丛书”（10 册），顺利中标。接受任务后，作者与编者在一年中全力以赴，使项目在 2002 年国庆节前顺利出版。该丛书于 2003 年获得国家图书奖和“五个一工程”奖，又于 2005 年获得国家科学技术进步奖二等奖。这是我退休前主持的最后一个大项目，也算是我职业生涯的终曲。围绕这一套书的诞生及出版，还有不少背景故事。

那时，北京市委宣传部对重点图书项目、重点作家的渴望是非常急切的。

市委宣传部领导在宣传系统的工作会上再三强调：要千方百计把好的图书选题、优秀的作者争取到北京来。但是，好的项目、好的作者是社会的稀有资源，往往可遇不可求。你只能保持高度的敏感，随时寻找机会。机会在 2001 年的国庆节前意外来临。中国科普作协秘书长张秀智在国庆节前召开紧急会议，传达了一个重大信息：著名生命科学家谈家桢院士写信倡议，希望从国家层面重视对全民的生命科学普及。这项倡议得到了中央领导同志的大力支持，并做出批示，要求中国科协、教育部、科技部共同完成这一任务，任务的第一责任人是中国科协。这在中国科协是一件大事。

中国科普作协是中国科协的直属单位，有众多优秀的科普作家。中国科普作协的秘书长张秀智也是一个热情、干练，非常想干事的人。国庆节前的这个紧急会议，就是希望大家能遵照批示，尽快拿出一个图书创作的方案。

我在 1999 年的中国科普作协第四届代表大会上当选为常务理事、少儿委员会主任，成为中国科普作协的核心骨干，因此参加了这次会议。记得参会的还有中国科普作协副理事长王直华、副秘书长赵仲龙（中华医学会科普部负责人）。还有一位年纪稍大的长者是骑自行车来的，大家恭敬地称他吴先生。他就是中国科学院院士、中国科学院古脊椎动物与古人类研究所的研究员吴新智。大家就生命科学的系列图书包括的内容、逻辑框架、各册主编的人选、图书的表达方式，以及如何将科研成果科普化等问题充分发表意见。

这次策划，因为有人类学权威吴新智先生和医学科普方面的专家赵仲龙，所以比较顺利地拿出了初步意见：丛书共 10 册，从生命起源讲到人类进化，并围绕人体出现的各种生命现象、人类面临的疾病挑战，以及现代生活带来的心理问题、生命伦理问题等，给大众解疑释惑。这套书包括了基因工程、生殖技术、免疫学、脑科学、生命伦理等前沿学科，内容广泛深入，拓展了大众对生命的认识及了解，使我大开眼界。

会议最后讨论到如何落实出版任务的问题。怎么能够为这个国家重点项目找到实力强、能干、肯干的出版社呢？张秀智“脑洞大开”，提出：咱们招标吧！我们把标的提得高一些，把消息放出去，让有兴趣、有实力的出版社来投标、接任务，怎么样？这一下，大家来了兴趣。

会议最后明确了这样一些基本原则：由中国科协科普部和中国科普作协担任项目策划，负责聘请主编、确定各册题目及内容、审定各册的逻辑框架及写作提纲；因为是国家重点图书，所以拟请相关领域的权威专家（最好是院士）担任各册主编；采取科学家与科普作家共同创作的方式，支付双方稿酬，标准取当时稿酬的上限；竞标单位需要一次性付给中国科普作协策划费 20 万元……

说实话，对这个项目我当然感兴趣，只是担心中国科普作协的招标条件太高：双稿酬，还是高标准；在成本之外还要支付20万元的策划费！这个条件，我们北京出版社出版集团（1999年，北京出版社获批组建北京出版社出版集团）能同意吗？我虽然心里没有底，但是觉得这个项目非常难得，值得争取一下。

回到社里，我向集团的董事长朱述新和总编辑陶信成做了汇报，没有想到，他们的态度出乎意料地积极和热情。老朱立马表态：这个项目好，咱们当然要投标！你要志在必得，拿不下的话提头来见！这个痛快劲儿让我大感意外。这么高的经济付出，领导连个唪儿都没有打，还说要志在必得，拿不下来提头来见——好家伙，看来集团是要全力支持了！我又把此事汇报给北京市新闻出版局主管图书工作的孙向东副局长，向东局长也是态度鲜明：积极投标，拿下这个项目！局、社两级领导都这么看好这个项目，表示要全力支持，我当然坚定了信心。二话不说，我赶紧拟投标书，申述北京出版社出版集团的优势，做过哪些科普项目，拿过哪些大奖……志在必得嘛。

投标这事对我来说还是头一回，我完全没有经验。

投标书拟好后，我们请集团领导朱述新、陶信成和主管北少社的副总编辑钟制宪一一过目、审改，留下墨迹，然后才发给中国科普作协。据说当时有5家出版社参加了竞标，不久后就有了结果：北京出版社出版集团中标，由集团下属北京少年儿童出版社具体承担任务。谢天谢地，我的脑袋算是保住了。

不过，接着麻烦就来了：当我向集团领导申请那20万元策划费的时候，老朱一副无辜的样子：策划费当然是从你们北少社的账上出啊，不然这笔钱挂在哪儿？我有点傻眼了：集团不是要全力夺标、全力支持的吗？怎么这时候撒手不管了？要是早知道一切费用都是由我们这个小社自负，我就不请示集团了！这下可好，项目还没有开张，北少社就背上20万元的债务，怎么办？我又着急又无奈，好不郁闷。

恰好几天后，北京市委宣传部召开工作会，我参加了。会上遇到北京市新闻出版局的孙向东副局长，我大诉委屈。孙局长立刻安慰：大姐，您别着急，咱们一起想办法。您回去算个账，做这个项目你们到底亏空多少，局里想办法资助。您赶快打一个报告给局里。哎呀，我真像是遇到了亲人一般！一个星期后，我递上去的资金申请报告有了回音，薛宝书局长和孙向东副局长共同批复，给予国家重点项目“解读生命丛书”40 万元的资助。这下，真是解了我的燃眉之急！

后来想想，我才明白过来。集团的几位领导实在太了解我了，知道我就算被逼到绝境，还是能够找到活下去的办法，所以他们才会那么做，让我先想办法去。我那时哪顾得上细想这些啊。

随后，我以策划组成员和项目负责人的双重身份，开始投入“解读生命丛书”的创作出版工作。记得项目启动会是 11 月初在中国科技会堂召开的，由中国科协科普部和中国科普作协共同出面主办。参会的有中国科协副主席徐善衍、中国科协调研宣传部副部长崔建平、中国科协科普部副部长高勘、中国科普作协理事长张景中院士、中国科普作协秘书长张秀智，丛书主编吴新智院士、副主编徐群渊（首都医科大学校长）、副主编章静波（中国医学科学院研究员）等。策划组在会前做了大量工作，与各册主编人选一一沟通联系，所以到会的主编都比较痛快地接受了这个国家重点项目的写作任务，签下出版合同。

10 册书的书名和主编分别是：《史前生物历程》，

李传夔（中国科学院古脊椎动物与古人类研究所研究员）；《人类进化足迹》，吴新智（中国科学院古脊椎动物与古人类研究所研究员，中国科学院院士）；《认识我们自己》，钟世镇（第一军医大学教授，中国工程院院士）；《捍卫生命长城》，龙振洲（北京大学医学部教授）；《趣味生殖奥妙》，刘斌（北京大学医学部教授）；《破解遗传密码》，杨焕明（中国科学院遗传研究所研究员，2007年当选中国科学院院士）；《大脑黑匣揭秘》，陈宜张（第二军医大学研究员，中国科学院院士）；《走进内心世界》，郑日昌（北京师范大学心理学院教授）；《如何战胜疾病》，章静波（中国医学科学院研究员）；《珍惜生命权利》，徐天民（北京大学医学部教授）。

这套书的启动阵势和作者阵容都足够强大，可以看出它作为一个国家重点项目所受到的重视。中国科协领导亲自出面组织，也有极强的号召力。这些大牌的一线科学家承担着繁重的科研任务，时间和精力有限，一般并不亲自参与科普创作。而且他们承担的科研项目，往往享有比较充裕的科研经费。相比之下，出版社即使支付高额稿酬，与他们的科研经费比，也是微乎其微的。

于名于利，他们本人并没有什么特别的获益，但因为这是国家任务，是向全民进行生命科学普及，他们感觉自己有一份社会责任，因此都爽快地答应下来。我也感受到承担国家重点任务的幸运和责任。

『解读生命丛书』编委会在中国科协讨论稿件

作为项目策划人之一和项目负责人，我的大量时间、精力都放在了创作团队和编辑团队的组织、管理和协调上。项目运作的第一个难点是在创作内容方面。由于科学家与科普作家思考问题的角度不同，在表达逻辑上显现出巨大差异，因此我们设想的“两结合”实现起来并不容易。

我们在创作阶段的工作程序是：科学家拟创作提

纲，呈现相关科学领域的科学内容和前沿成果，然后由科普作家按照科普表达的逻辑和语言，修改写作提纲。这项工作一开始便遇到困难，双方对彼此的工作互不接受。因为科学家主要面对的是专业领域的专业人士，他们的表达逻辑是从因到果，习惯从基础讲起，拟出的写作提纲严密、严谨，但是看起来比较像教科书。而科普作家面对的是没有专业背景的普通大众，任务是把学术知识转化为科普作品，往往需要从科研成果与社会的关系、与人的关系谈起，吸引读者的兴趣。他们习惯从大众熟悉的、容易理解的事物出发，通过比喻、联想等方式来讲解抽象、深奥的科学知识和科学原理。因此，科普作品的写作逻辑是从果推导至因。同一个科学内容，科学家强调的是“是什么”，需要将语言表达得准确无误；而科普作家强调的是“像什么”，更愿意用文学化的语言生动描述。在科学家与科普作家互相不理解的情况下，只能靠编辑，甚至最终靠我这个项目负责人出面来做工作。我们要耐心地一次一次沟通，直到让两方作者达成共识。

项目运作的第二个难点是在写作体例方面。这些大牌科学家习惯于独立出书，自然是按照自己的想法去写作。而这一次是大家共同创作一套书，因此需要在体例、内容的繁简程度上大体一致，不能由着每个人的性子自由发挥。这个要求也不容易被科学家们理解，需要反复和他们做工作。

项目运作的第三个难点是在时间方面。重点图书需要反复打磨才能保证图书质量，但策划方给我们的出版周期只有不到一年的时间。我只能按照出版时间，制订出一个倒计时的工作计划，计算出每一个环节所用的时间，然后严格按照计划，耐心又毫不退让地推进。

作为一个大型的图书项目，它所涉及的事情繁多，管理的复杂程度是单本书的数倍。我用在与作者沟通、协调上的时间，是审读稿件时间的 2 倍以上。我也深深体会到，要做好书，首先要会与人打交道。

中国科普作协副理事长陈芳烈（人民邮电出版社原总编辑）为此感慨：这套国家重点书的成功出版，首先得益于你能够与权威科学家平等地沟通，使他们能够理解出版社的要求，积极配合。所言极是！

我对这套书的作者和主编也印象深刻，并收获了他们珍贵的友谊。比如丛书主编吴新智先生——就是最初参加策划会时骑自行车来会场的老先生，我与他就结下了亦师亦友的友谊。在第一次项目启动会上，我们精心策划了书稿的文体写作思路：主体部分是叙述式，建议采用案例方法；涉及的关键词、名词术语等硬知识，可以运用“版块”形式嵌入文中，这样既可让阅读通畅，又可做好科学知识的普及。吴先生是第二册《人类进化足迹》的作者，他看后非常欣喜，谦虚地对我们说：“我写科普作品几十年了，一直以为科普作品就是把相关知识浅释给大众，做到通俗易懂即可，没有想到科普创作中还有这么多门道和方法。你们的准备工作做得好。”这一册的责任编辑李天舒毕业于吉林大学中文系，是一个文学功底深厚、文字优美的好编辑，她总是温温柔柔地说出审读意见，让作者心悦诚服地接受。

赵萌（左）、『解读生命丛书』主编吴新智院士（中）、中国科普作协秘书长张秀智（右）合影

吴先生的创作是他独立完成的，不需要配科普作者。像吴先生这样具有科普写作能力的大牌科学家，还有丛书副主编、中国医学科学院的章静波先生。他所学的专业是胚胎细胞学，属于微观世界，看不到，摸不着，形象化表达比较难。但是章先生却往往能够独辟蹊径，从一个特别的角度提出问题，把读者引入人体的微观世界之中。比如他用“相差 60 岁的同胞姐妹”做标题，介绍基因工程在人工繁殖方面的应用，非常吸引人。章先生不仅学问高，而且非常谦和。

丛书的另外一个副主编徐群渊先生，是首都医科大学校长，从英国留学回来的神经科学家。他魁梧高大，风度翩翩，很有气派。我们的年轻编辑，甚至包括我，都成了他的粉丝。一次开审稿会，徐校长看到稿件中介绍人体骨骼中的第一颈椎（寰椎）“阿特拉斯”，立刻就说：“‘阿特拉斯’就是古希腊神话中以肩扛天的大力神啊，你用图画出来，不是一看就明白了？”他随手就画了一张素描图！我当时就想，真棒，原来我们的医学科普知识是可以这样以画示意的！我马上表示，以后有机会，一定要出一套医学科学家用绘画讲医学的书！徐校长也欣然同意。可惜后来我很快就退休，没能实现这一愿望。

丛书副主编徐群渊

还有《捍卫生命长城》一书的主编龙振洲先生，是我国著名的免疫学家、医学教育家，我国免疫学的奠基人之一。他做事非常严谨，要求非常严格。在这本书的写作和编辑过程中，责任编辑要不停地到主编龙先生、副主编谢蜀生先生处去商量，具体到一句话，甚至一个词的推敲。但是这本书的责任编辑万琳琛总是兴致勃勃。万琳琛是北京师范大学生物系的研究生，她说："我们上大学的时候，免疫学的课本就是龙先生主编的，我一直十分仰慕他老人家。这次可以编辑龙先生的书，多幸运啊！我终于有机会见到龙先生这尊'真佛'了！"

试管婴儿是体外受精——胚胎移植技术的俗称。这项技术为千千万万无子女家庭带来福音。我国的第一例试管婴儿在 1988 年诞生，为其接生的北京大学第三医院的张丽珠医生，被称为中国的试管婴儿之母。但是，张丽珠医生的工作属于这项技术的第二阶段——把人工授精成功的胚胎植入母亲子宫并接生出婴儿，这项技术的第一阶段——人工授精工作的主要研究人员却是《趣味生殖奥妙》的主编刘斌教授。刘斌是我国辅助生殖技术的开拓者，被誉为中国的试管婴儿之父。由试管婴儿之父来讲人类的生殖技术，也是非常权威的！这册书的责任编辑李玉帼也是北京师范大学生物系的研究生，一个聪慧而头脑清楚的女孩子。她非常注意工作方法，总是仔细梳理书稿的逻辑，把可疑点一一记录下来，说出有理有据的审读意见，得到作者的认可。

你说，我们因为承接这套国家重点图书，得以结识这么多科学界的权威专家，是不是很幸运？

八、创新：科普图书出版之魂

我自从事出版工作以来，主要的服务对象是少年儿

在国家图书奖颁奖会上

赵萌、隋丽君（北京十月文艺出版社总编辑）、殷爱萍（北京新闻出版局图书处处长）、钟制宪（北京出版社出版集团总编辑）、刘京京（北京出版社科技编辑部副主任）

『解读生命丛书』编委会主要成员在国家图书奖颁奖会上

左起：赵萌、崔建平、高勘、赵仲龙、张秀智童，专业方向是科学普及，媒体类型是期刊和图书。我从一个科普出版的“小白”，成长为一名科普出版专家，主要是凭借敢于创新。创新不是无源之水、无本之木，它需要我们具备一些必要的素质。

创新需要什么

第一，创新需要有宏观的视野。做科普出版，需要了解科普发展的大形势，了解国家对科学普及的战略与规划。我国的科普工作，在1978年全国科学大会之后，掀起了一个高潮。2006年，国务院颁布了《全民科学素质行动计划纲要》。2016年，科技部、中宣部牵头制定了《中国公民科学素质基准》。哪一个阶段可以做什么，应该做什么，做科普出版要心里有数。20世纪90年代，我国在科普工作方面有一个重要的思想转变，就是从传统的、单向的、自上而下的科学普及，转变为全方位的科学传播，转变为让公众认识科学、了解科学、接受科学，让公众了解国家在做什么，科学界在做什么，科学事业与国家、与大众的关系是什么。科普从“一科”——传授科学知识，转为“四科”——传播科学知识、科学方法、科学思想、科学精神。科普既要启蒙，也要启智。这种认识上的转变，也是我们北少社一系列获奖图书创新的出发点。

第二，创新要善于思考与借鉴。20 世纪 90 年代中期，北京电视台科教部主任李群艺在北京科技记者编辑协会研讨会上的一次发言，对我的触动极大。他介绍了当时风靡全球的《探索》节目的引进过程，大家都非常感兴趣。当他说出美国的《探索》节目已经被卖到全球 145 个国家和地区，被认为是“世界上最优秀的纪实娱乐节目”的时候，见多识广的记者、编辑们面面相觑，大感意外！“纪实娱乐节目”的定位让大家感到不可思议。科普节目从来都是严肃、严谨的，而《探索》却被定义为纪实性的“娱乐节目”！这个定义突破了所有人对科普面貌的认知。正是这种新的认知让我开窍，让我开始思考科普面貌更新的问题。

第三，创新要以现实为基础，要有针对性。市场调研和社会调研是创作的基础，是寻找突破口的依据。“红蚂蚁自然丛书”和“漫画金头脑丛书”的运作即是实例。

第四，创新要有思路和方法。我们应从读者的需要出发，从科普功能的实现出发，在科普创作上进行文体创新，培养自己逢山开路、遇水搭桥的能力。

我的文体创新探索

出版业是开发精神文化产品的生产行业。我们的任务就是选择合适的内容及形式，在合适的时间，把图书送达合适的地点，以满足合适人群的需要。

随着科学技术的日新月异，科技成果越来越迅速地被开发并进入社会生活，影响到社会的发展，影响到人们的生活方式、工作方式、学习方式，甚至思维方式。我们的科学传播怎样依托这种背景优势，使人们认识这种社会发展的大趋势，让他们学会使用科技成果来提高自己的生活质量？如何消除人们对新事物的恐慌？当科学发展中出现一些问题时，如何提升大众的社会责任感、肯定他们的质疑精神？面对这些问题，科普出版物需要面向更多层次的目标读者，开发出可以满足不同需要的科普功能。

社会发展的变化，图书市场的变化，读者阅读方式与接受心理的变化，都会影响到我们的出版理念。在北少社工作的这几年，我的出版理念的变化，可以通过几套书，以及几次文体的创新体现出来。

文章的体裁是表现内容的手段，但是一种文体一经形成，一经被确认，又往往被奉为通往彼岸的唯一途径。在科普图书的创作中，也常常存在这样的思维定式，使得科普图书呈现出文体单一、功能单一的弊端。当我们面向读者的多层次需求时，如果仍然采用传统的单一文体，表现力就会受到很大的制约。这就像解决交通问题一样，如果地面交通经常性发生拥堵，我们是不是就要换一种思路，开辟“天上地下”的立体交通网络来解决问题？当科普图书的创作手段、表现形式显得单调时，文体创新就成为必然和必须。

以“漫画金头脑丛书”为例。它的读者定位是小学高年级学生及初中学生，主要目的不是传授知识，而是传播创新精神。知识是实在的，精神是抽象的。传授知识可以通过解释关键词、知识点来完成，而创新精神是建立在知识的基础之上又超越了具体知识的人类智慧，该通过怎样的手段和途径来呈现呢？

在这套书的策划中，我们抓住了“人类历史上的重大科学发现与技术发明，无一不是创新的成果”这一基本观点，明确了思路：要选择人类科学史上最经典的科学家、最经典的科学发现与技术发明来做文章。针对少年儿童的接受心理及成长需要，对书中的人物，我们不仅要表现其最辉煌的一刻，还要表现其成长的过程。图书需要展示从孩童时起，潜藏在这个人身上的创新精神，是如何被发现、被重视、被培养，最后在社会发展的需求中被激发的。正是这样的创新精神，让发现与发明喷涌而出。也就是说，我们要围绕着“创新精神的发展”这一条主线，为人物写传。

介绍科学人物必然要介绍其科学成就，如何让并不具备相关领域专业知识的小读者认识这些伟大发现与发明的意义？这势必要涉及一定的科学背景、抽象的科学概念及深奥的名词术语。为了扫除这些阅读中的“拦路虎”，我们在书中随文设计了一个辅助阅读的知识性小版块——“知识加油站”，用简洁的说明性文字对关键词、知识点给出简明扼要的解释。这样及时转换文体，既保持了阅读的连贯性、愉悦感，又解读了科学知识。

理解了的东西才能够真正被记住。所以在每一章的结尾，我们设计了一个参与性强的小版块“科学实验坊”，让小读者利用身边的工具，以简便的方法，重温科学大师的经典实验，体验发现与发明的过程，享受成功的快乐，培养对科学的兴趣，建立对学习的自信。

这样一来，“漫画金头脑丛书”就开创了一种“四不像”的新文体，实现了让小读者从阅读中学习知识、探索科学、领悟创新精神的多种目的。我将这种文体设计的方法称为“版块说”。“版块说”的发明和使用，大大丰富了科普图书的表现力及功能。

在后来的创作出版实践中，我们自觉运用文体创新的手段和“版块说”方法，策划出版了“解读生命丛书”“现代战争与兵器丛书”“身边的传染病故事丛书”等一系列文体新颖、版式新颖、图文并茂的优秀科普读物，大大拉近了科普图书与大众读者的距离。

文体创新对科普图书创作与出版的意义

综合起来分析，文体创新在科普图书的发展变革中可以发挥以下作用：

第一，更好地实现科普图书的功能开发。在读者对科学传播的需求日益多元化的趋势下，通过文体创新，构建图书的多元结构，可以更好地满足读者的多元需求。

第二，增强科普创作出版的原创性，实现有限资源的无限开发。科学史上的经典人物和经典事件是人类的共同精神财富，具有永恒的魅力。但是，它们毕竟存在于历史长河中，与当代读者相隔了几百年，甚至上千年。在科学传播中，编创者若能以当代人的视角，结合当代读者的需要，用自己的再认识和当代表现手法，将其现实的意义阐释出来，那么同一个人物和事件，就有了不同的认识价值。经过出版者的这种原创性创作，有限的内容资源就变得无限丰富，而且具有鲜活的生命力。

第三，科普图书的文体创新使用了集成创新的方法，将分散的创作优势进行整合，显示出强大的整体优势。不管是“漫画金头脑丛书”，还是“解读生命丛书”，这种方法都使复杂的创作过程变得简单，变得容易实现。同时，它也实现了创作者的“扬长避短”和彼此间的“扬长补短”。在整体上，针对整部作品，我们采取的是“扬长补短”的思路，以优势的最大化来满足读者的最大需求；而在局部上，针对每一个具体的创作者，我们的思路却是“扬长避短”，让每一个创作者只承担自己最擅长、最有优势的那部分工作，然后由出版者将各部分的创作按设计的思路组合起来。这样就可以使每一个人的创作过程变得简单，也让创作者更加自信和快乐。

创新，使出版者的二度创作充分发挥作用，为作品赋予新的能量、新的品质。

九、难忘我们年轻的编辑队伍

北少社是北京出版集团（2009 年转企改制后挂牌成立）所辖的专业出版社，1983 年挂牌成立，但是直到 2022 年才成为独立的法人单位，此前一直是集团下面的一个二级单位，并没有独立的人事权和财务权。它的工作重点是开发选题，编辑出版好书，因此它的队伍主要由编辑组成。1995 年 10 月我调任北少社总编辑的时候，老编辑有副总编辑郑雍庭和美术编辑石恒模，其余是清一色的二三十岁的年轻编辑。我到任后，又陆续招聘了一些年轻人，所以北少社是一支年轻的队伍。

北少社的部分编辑

年轻队伍的优势是热情高、干劲足、肯学习；不足的方面是缺少实践经验，缺少独立开发选题的能力。这么多人，如果没有源源不断的新选题、新书稿，大家不就坐吃山空了吗？如何更快地开发出选题，是我面临的一个难题。我的思路是：要改变传统的各自为战的工作模式，改为团队作战。我们老编辑要发挥自身优势，多开发大型重点项目，把年轻编辑配备到每一个项目中来，以项目带队伍。前面提到的重点项目都是采取了这样的运作模式，在出书的同时，培养和锻炼了编辑队伍。

我后来总结经验时，把这种带队伍的方式称为编辑队伍的动态培养。因为年轻编辑不同于在校学生，在实战中锻炼培养，比纯粹的理论学习、专家讲座更为有效。这种培养人才的办法，后来得到北京市科协的重视，还被大力推广。

带队伍，重要的是真诚，要公平公正、知人善任，要有宽大的胸怀。要敢于把年轻人放到适合的项目中去锻炼，让他们担责任，在完成重要任务中成长。不能嫉贤妒能，不要怕年轻人在业务上能干，甚至比自己能干。领导与编辑的岗位职责不同，编辑的岗位重在业务，领导的岗位重在管理。编辑们越是能干，整个团队的战斗力就越强。团队战斗力越强，越需要领导提高自己的管理水平，给能干的年轻人拓展出天空和舞台，这样才能做到相得益彰。

民主集中制的工作方式，是我与年轻编辑真诚交流、互相启发、一起成长的有效途径。按照出版行业的规定，每一本书都要经过三审三校，三审人员对稿件发稿有最终决定权——也就是说，一部书稿最终能不能够出版，决定权在三审。“创作有自由，出版有纪律”，道出了出版社的权力和责任。

但是在出版社内部，一审（责任编辑）与二审、三审的关系又应该怎么处理呢？针对三审一锤定音的惯例，我公开自己的态度：如果有不同意见，那么责任编辑可以来与我交流，申辩自己的意见，因为毕竟责任编辑对书稿的内容和作者情况更加熟悉。如果你有充分的理由说服我，我就可以改变意见；但是如果你说服不了我，那么就要尊重我的意见。因为毕竟在经验和判断力上，三审更具权威性。所以那个时候，经常有年轻编辑在下班后留下来与我交流意见，后来发展为聊天、谈心，成为彼此的朋友。

一个部门领导的作风与工作成效如何，最主要的还是看部下的感受、评价。我们的年轻编辑在回顾自己的成长经历时，都认为在我做领导的阶段是他们编辑生涯中最受益、成长最快的时期。这令我感到欣慰。

十、2002年：充满转折的一年

2002年是我职业生涯中关键的一年，也是特别的一年。

按照当时集团的退休政策，我本应该在2001年2月年满55岁时退休，但是一直没有收到让我退休的通知。我就这样工作到了2002年。

2002年春节刚过，突然传来一个意想不到的好消息：中国少年儿童出版社外联部的肖丽媛来电话，说2002年的博洛尼亚国际儿童书展即将举办，意大利政府邀请中国少儿出版界组团参加。现在确定出访的成员共6人，包括我、中国少年儿童出版社的肖丽媛、接力出版社的新任总编辑白冰、人民教育出版社新媒体部的王主任、浙江少年儿童出版社文学部主任孙建江、江苏少年儿童出版社科普部主任孙振江。出访活动由中国出版协会少年儿童读物工作委员会统一组织。消息传达到北京出版社出版集团，集团领导高兴地表态支持。我便在继 1993 年、1997 年之后，第 3 次获得了出国的机会。在当时，编辑出国的机会极少，常常被当作奖励的手段。但是这一次不同，是意大利政府邀请我们参会并承担费用，是指定人员组团出访。被指定也是一种荣誉——因为某种程度上代表着业界对你的认可。

2002 年 4 月，中国少儿出版代表团在意大利

1993 年参加博洛尼亚童书展，1997 年参加世界期刊大会，我都是作为参会代表去的。而这一次，我是作为被主办国意大利政府邀请的贵宾参会，除了待遇不同，接触的层面也不同。参会期间，我接触了这个会展的主要负责人，也受到特别邀请，与各国出版社会谈、

开展商务合作谈判，从而比较深入地了解了各国童书出版的差异与特色。让我至今难忘的是，我感受到了在新科技到来之际，传统纸媒的种种反应。

在博洛尼亚国际儿童书展作大会发言后，与主办方代表交流

其实那个时候，这个全球影响力极大的博洛尼亚国际儿童书展，已经远不如10年前繁荣兴旺。那些只有纸书而没有多种媒体展现的场馆、展位，往往显得很冷清。这是一个明显的信号。但是当时的国内图书仍然生存在传统纸媒的世界之中，因为拥有广大的市场而不知危机即将到来。图书引进得热火朝天，中国成为世界童书最大的版权输入地。这可能就是那一年的书展，中国被重点邀请的重要原因吧。

2002年4月中旬，我满怀收获，兴致勃勃地回来，没有想到十几天后，集团管理层就有了变化。集团的一把手朱述新在 57 岁之时，被调到北京报业集团当了一把手。新来的一把手吴雨初是从北京市委副秘书长的位置上调来的，只有 48 岁，年富力强。但是如此一来，我的退休问题就成了未知数。好在不久后，新领导就找我和北京十月文艺出版社的总编辑隋丽君谈话，恭敬而恳切地表示：临离开市委的时候，宣传部领导特别嘱咐，赵萌和隋丽君是北京出版界的名编辑，是京版图书的品牌保证，一定要尊重两位大姐，充分发挥她们的作用。他的话给我们吃了定心丸，于是我们一如既往地工作。

这一年，北少社的编辑全体出动，全力以赴地完成了国家重点项目“解读生命丛书”的编辑出版工作。在国庆节前，中国科协与教育部在中国科技会堂共同主办、召开了图书首发式。中国科协党组书记张玉台、中国科协书记处书记程东红、新闻出版总署副署长阎晓宏、北京出版社出版集团董事长吴雨初、北京市新闻出版局副局长孙向东，以及丛书主编吴新智院士等在京的各册主编悉数参加。

这套书因选题重大、创意新颖、创作水平和编辑水平一流、市场定位准确而一炮打响，首印 15 万册很快售罄，之后又接连两刷，总发行量达30万册。这套书在2003年获得国家图书奖、“五个一工程”奖；在2005年又获得国家科学技术进步奖二等奖，一时风光无两。

那一阶段，我似乎也被中国科协进一步熟悉和认可，各种荣誉接踵而至。2002年1月北京市科协换届，我被选为北京市科协委员，又作为北京市科协代表团成员，参加了中国科协第六届代表大会。2002年底，科技部、中宣部、中国科协联合举办全国科普工作表彰大会，我被评为全国科普工作先进工作者，并在大会上发言。在这次大会上，科技部部长徐冠华的讲话掷地有声，“科研与科普犹如一鸟两翼，一车两轮”，不可或缺。这一年的上半年，国家颁布了《科普法》。中国的科普事业奋斗了几十年，迎来了飞速发展的日子。

这些接二连三的荣誉让我始料不及，我没想到做好一套重点图书，竟然会有这么大的连锁反应。天道酬勤，这也许是对我这个文科生改行做科普，历经艰辛，苦心钻研20多年的奖励吧。

这一年的年终，集团宣布，凡是到了国家规定退休年龄的职工，一律办理退休手续，不再有例外。2003年的春节过后，我已经年满57岁，心情愉快地退休了。

十一、我对北少社工作的思考

我在北少社的 7 年，是我做出版工作在职在岗的最后一段日子，也是我感觉思想最成熟、工作最得心应手的时期。我拥有做期刊的经验，有多年积累的资源；转做图书出版后，能够出奇制胜，用心做好了几套具有标志性的图书。我也因此被关注、被需要、被看到，从而获得了更多的资源和机会。

这使我体会到，在出版行业做编辑工作，首先一定要做出标志性好书。它们代表了你的水平与能力，是社会了解你的依据，是获得合作者信任的基础。

我也体会到平台的重要性。一个是工作平台。做业务，当然最好是选择规模较大、基础深厚的单位。像北京出版集团的整体环境就很好，在这里一旦做出成绩，就比较容易被发现，也能得到更多机会。另外一个是项目合作的平台。单靠个人去单打独斗总归势单力薄，而好的合作平台可以迅速帮你打开视野，让你从全新的角度去思考与前行，实现跨越式发展。

最后，本单位领导及上级领导机构的关怀与支持也非常重要。当时北京市委宣传部、北京市新闻出版局等主管部门始终密切关注着我们的发展规划、我们的重点选题，对我们每一次重要奖项的申报，都会给予指导。记得最初我们的评奖申报书写得不到位，材料交到市委宣传部，何卓新常务副部长看后非常着急。他亲自召开会议，把我们叫来，又把专家请来，请专家当面给以指导。这些专家都曾担任国家级项目评选的评委，具有丰富的评审经验。他们对我们的申报书提出的真知灼见，使我们有一种茅塞顿开的感觉，比自己在黑暗中摸索真是强了百倍。

正是这样的齐心协力，这样幸运的天时、地利、人和，使北少社能够连续多年在国家图书奖和“五个一工程”奖评选中有收获。

1997 年，“漫画科学史探险”获得第六届“五个一工程”奖；1999 年，“红蚂蚁自然丛书”获得第七届“五个一工程”奖、第四届国家图书奖的提名奖；2001 年，“漫画金头脑丛书”获得第八届“五个一工程”奖、第五届国家图书奖；2003 年，“解读生命丛书”获得第九届“五个一工程”奖、第六届国家图书奖；又于 2005 年获得国家科学技术进步奖二等奖。

而我本人也获得了一些荣誉：2001 年获得由国务院

授予的在文化艺术事业做出突出贡献专家称号并享受政府特殊津贴；2002 年获得由北京市科委、北京市科协、北京市人事局授予的北京市先进科普工作者称号；同年又获得由科技部、中宣部、中国科协共同授予的全国科普工作先进工作者称号；2004 年获得由北京市委宣传部授予的精神文明建设“五个一工程”工作先进个人称号。

证　书

赵萌　同志：

为了表彰您为发展我国文化艺术事业做出的突出贡献，特决定发给政府特殊津贴并颁发证书。

国务院

政府特殊津贴第（00）9110076号　　二〇〇一年八月三日

国务院特殊津贴证书

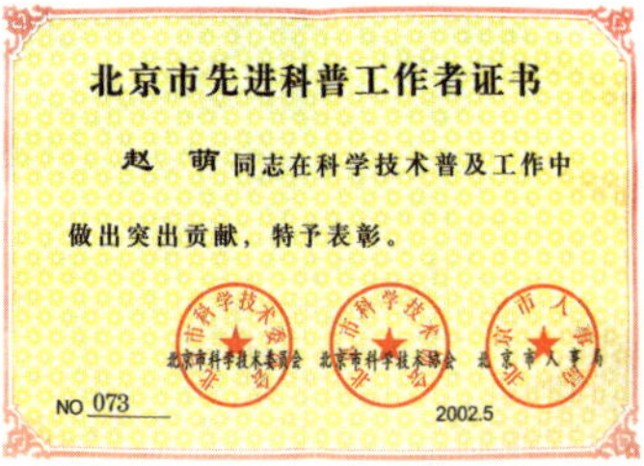
北京市先进科普工作者证书

赵　萌　同志在科学技术普及工作中做出突出贡献，特予表彰。

北京市科学技术委员会　北京市科学技术协会　北京市人事局

NO 073　　2002.5

北京市先进科普工作者证书

全国科普工作先进工作者荣誉证书

北京市『五个一工程』工作先进个人荣誉证书

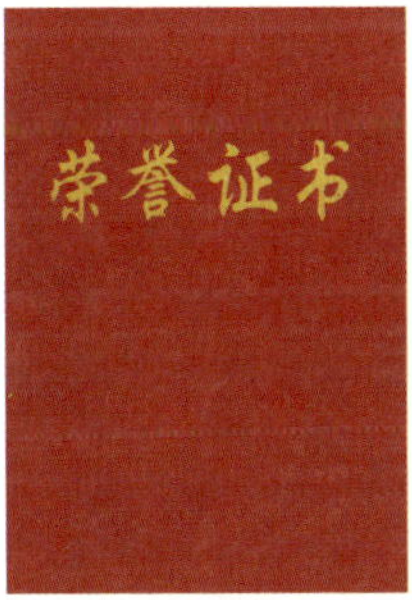

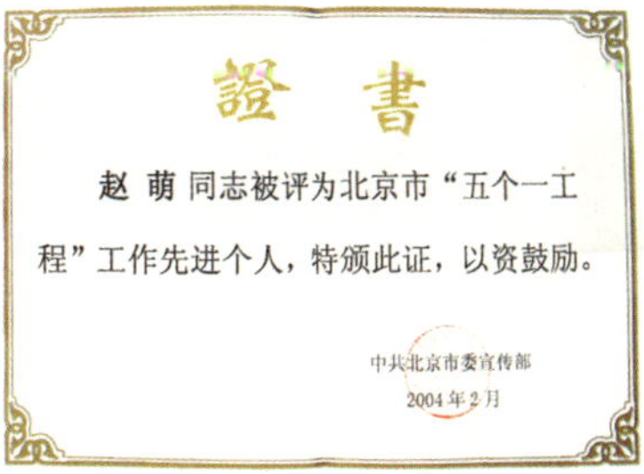

證 書

赵 萌 同志被评为北京市“五个一工程”工作先进个人，特颁此证，以资鼓励。

中共北京市委宣传部

2004年2月

◎第三章

退休老太成改革先锋

我喜欢这种新鲜感，喜欢这样的挑战，
它使我始终没有脱离编辑出版行业，
也使自己的老年生命有了
新的活力。

21 世纪初的我

一、我成了出版集团策划总监

2003 年，集团成立策划部，聘请我和隋丽君到策划部工作，身份是集团的策划总监。我们的主要工作是参加集团的总编办公会，为集团的政策制定建言献策；为集团策划重点图书项目；联系集团的高级智囊团，听取智囊团对集团发展的意见和建议。策划部的主任是张淑芳，副主任是刘卫弘，还有管宣传的谢光军和彭春英，力量还是比较强的。

记得我们拜访过的专家有中国

编辑学会首任会长刘杲、新闻出版总署副署长柳斌杰、中国科协书记处书记程东红等，听到了不少真知灼见，跳出了从单位看部门和从出版行业看出版的狭小视野，开阔了思路。

参加总编办公会，我能了解一些政策制定的过程。我感觉对业务部门的管理，明确权利很重要；对编辑的管理，奖励与惩罚并举很重要。编辑业务水平的真正提高，需要各级领导给编辑提供更广阔的天空和更大的舞台，给他们充分的信任、适时的激励，调动人的积极性和责任心。

由于种种原因，策划部没能发挥出预期的作用，到2004年底撤销，只存在了两年。在一个大的机构成立策划部，从宏观上拓展视野，加强整体的经营管理水平是必要的。但是处在管理层和业务部门之间，也容易成为空架子，难以发挥作用。

二、试水改革：成立个人图书工作室

2004年下半年，集团董事长吴雨初找我和隋丽君谈话，问到我们今后的打算，提出是否可以成立个人图书工作室，挂靠在集团，作为集团的改革试点。我感觉他的思路是，出版业即将面临市场化改革，但是马上在集团内部全面开展改革风险较大，可以先抓试点。这个试点选择比较有业绩的退休人员，风险应该比较小。我和隋丽君都是集团的得奖专业户，国家图书奖、“五个一工程”奖等国家级大奖，基本是倚重我所负责的北少社和隋丽君所负责的北京十月文艺出版社来保证，所以集团领导希望我们留在集团内部。

这个提议让人意外，充满挑战，充满未知。我们一直在体制内，习惯于出版社来做投资经营的主体。此前我们做的任何一本书，都是出版社投资、获取收益。我们只是领取工资和奖金，对一本书如何经营，体验并不深刻。但是如果成立工作室，情况就不一样了，这个工作室该怎么办，双方都没有经验。

集团领导提出两个方案。第一个方案，是工作室具有充分的选题权，可以策划出版任何类型的选题——只要有资源，工作室仍然由集团投资，我们只领取固定的返聘工资。第二个方案，是做独立的工作室，由我们个人投资和运营。工作室同样具有充分的选题权，但是从书号到编辑、校对、纸张、印刷、库房管理，以至办公室、办公用品的使用，全部收费。这些费用一一扣除之后，如果有收益，就可以归工作室。第二个方案的思路就是将工作室视同于与集团全面合作的民营出版机构，集团给予同样的政策待遇。但是对于我们两个刚刚从体制内退休的老太太来说，创办个人工作室，不管是规模还是经验，哪里比得了民营的出版机构呢?

隋丽君和我商量，感觉第一个方案与返聘没有什么实质区别，只是挂了一个工作室的名头，没有多大意义；而第二个方案是真正独立承包，虽然风险很大，但是有意思，可以试试，也考验一下自己。于是我们签下合同，从 2005 年开始，隋丽君图书工作室和赵萌图书工作室正式挂牌，两个退休老太开始试水出版改革。

三、从公益科普图书出版开始

刚开始，我和隋丽君坐在一间办公室，对怎么干没有头绪。我的基本想法是，现在的自己就是一个出版业的“票友”，因为热爱，所以有兴趣坚持。但是毕竟自己已经退休，每个月退休金只有 2000 元，所以还是要稳扎稳打，不能赔着退休金“玩票”。

恰巧这时，曾经合作过的中国健康教育协会找到我，说是针对“非典”带来的传染病风险，卫生部想要为农民编写一套“预防传染病的故事”丛书。丛书共4册，将作为公益项目发到农村基层。他们希望我作为资深科普出版专家参与进来，让这套科普图书面貌新颖，可读性强。我的工作室就从这套书开张了。

虽然我有丰富的编辑经验，可以从创作抓起，编辑出版好这套小书，但是在经营方面还是缺少经验。这套书由卫生部投资和包销，经济上有保证。不过考虑到它的公益性质，我还是精打细算，确定了10元以内的低定价。但是由于卫生部包销的数量不多，结果前3册书结账后，扣除直接成本和编辑费、校对费等，每册书只盈利几千元！直到最后一册出版，卫生部要了10万册，我才第一次真正有了收益。经营对于我这个资深编辑来说，仍然是一个需要学习的课题。

第一个项目给我的最大收获，是让我体会到了以往的工作业绩、良好的声誉和知名度在寻找出版项目时的重要性。一个编辑做出自己的特色，做出有标志性的优秀出版物，打出知名度，对于开辟事业是非常有帮助的。之后与北京市体育局合作的“与奥运同行——全民健身科普知识手册”系列，与北京市全民科学素质纲要办公室合作的“农民工科学素质读本”系列，与中国科协、科技部合作的“全民健康十万个为什么”丛书，都是主编单位找到我，指名交给我做的。他们充分相信我的责任心和编辑能力，认为重点图书选题交给我会比较放心。中国科协科普部副部长高勘就对科协系统的人说过这样的话：“有科普图书要出，交给赵萌老师就对了，她是科普图书领域里最好的出版人。”

由中国科协科普部主编、由科技部科研项目结集而成的“全民健康十万个为什么”丛书（第一辑、第二辑），开启了我与中国医学界多个权威社会团体——中华医学会、中国医学科学院医学信息研究所、中华预防医学会、中国药学会的合作。我认识了各个学科的顶级专家，在项目合作中锻炼和培养了一批年轻编辑，帮助

策划『全民健康十万个为什么』丛书

他们积累了做重点图书的经验，让他们也收获了优质作者资源。

由于工作室具有广泛的选题权，给我敞开思路开发选题提供了有利条件。我充分利用自己对选题的敏感性和人脉资源，策划、组稿了一些图书项目，采取合作的方式，交由集团内的业务部门出版。比如“大家小书——医学家卷”，杨秉辉、洪昭光、李宗浩等著，与北少社合作，发行 7 万册。

这些项目实现了我与集团协议中提出的“力争形成品牌效应，为集团带来良好的社会效益”的目标，在无须集团投资的情况下，实现了工作室的良性运转。我也以我个人的能力、经验、人脉，帮助集团年轻编辑成长。

参与策划的《正在消失的美丽》动物篇、植物篇，获得国家图书奖

四、收获与进步

经营个人工作室，是挑战自我，也可以检验一个退休老人还可以做什么，职业生涯还可以走多远。我喜欢这种新鲜感，喜欢这样的挑战，它使我始终没有脱离编辑出版行业，也使自己的老年生命有了新的活力。

赵萌图书工作室自 2005 年创办，至 2021 年结束，共计 16 年。工作室所出版的科普图书，每一种都获得省部级以上的图书奖项，其中“全民健康十万个为什么”丛书在 2016 年获得国家科学技术进步奖二等奖。这些都是赵萌图书工作室对北京出版集团做出的贡献，是我出版生涯的延续，实现了集团创办个人工作室的初衷。

『全民健康十万个为什么』系列丛书获得国家科学技术进步奖二等奖

做编辑，是一个永远在路上，永远需要学习、需要合作的职业。

这一时期，我个人的社会身份也发生了一些变化。2003 年初，在北京科普作协的换届中，我被推选为第四届北京科普作协常务理事、秘书长，主持北京科普作协的日常工作；同时作为北京市科协委员，我还参加了北京市科协科普工作委员会的工作。

2008 年，作为北京科普作协秘书长参加北京书市。

因此，除了经营个人工作室，这一阶段我的相当一部分时间和精力，放在了北京市的科普工作和科普图书的创作出版上：参加北京市科委、北京市科协、北京市新闻出版局的图书项目评审，担任评委；协助北京市科协制定优秀科普图书的评价标准、北京市科普创作出版专项资助指南等。在项目评审中，尤其是在答辩环节，我有机会与各个出版社的编辑交流，给予他们一对一的指导。参与北京市科协的一些工作，也让我有机会深入了解北京市科普工作的管理思路和方向。

◎第四章

致年轻编辑：我对出版的认识和感悟

编辑工作需要你成为
广闻博识的杂家，
迫使你通过学习不断丰富自己。
这既是压力，也是动力。

21世纪10年代的我

一、编辑是一份美好的职业

从事编辑工作，你常常要接触不同内容的稿件，要对稿件内容做出判断和选择，所以要求你必须去学习、了解文稿背后的知识和学问。这种学习习惯的养成，会让你受益终身。因为人都是有惯性或者有惰性的，如果没有工作需要，人往往就会停滞在舒适区，一旦舒服惯了，就会缺乏学习的动力，渐渐落后于时代。而编辑工作需要你成为广闻博识的杂家，迫使你通过学习不断丰富自己。这既是压力，也是动力。编辑工作是一个开放性的工作，要与社会上形形色色的人打交道。做编辑，你要不断开发新的选题，不能重复自己，也不能重复他人，因此要不断地去寻找选题和作者。你接触的许多作者，往往是各个行业中的佼佼者，是对自己的行业有深刻体验和认识、在自己的专业领域有突出成就和丰富积累的有识之士。和这样高层次的人交往、做朋友，是你人生的财富。他们能够丰富你的知识和阅历，提升你对社会、对人生、对各种事物的认识和理解。

图书是文化的载体，是表达，是倾诉，是交流。因此，编辑这种职业，需要你带着情感去投入，在投入中体验快乐，实现人生价值。你策划的图书选题，能透露出你的学识、学养、情感、价值观；你通过自己的职业、自己所做的图书，潜移默化地表达你对社会的态度、对是非的态度。你可以而且应该用积极的价值观、人生观来影响你的读者，影响社会风气。这是我们出版工作者的责任、我们特殊的光荣，也是我们的快乐。可以说，与其他行业、其他职业相比，做出版，做编辑，更容易实现自身的价值。

我赞赏一位年轻演员所说的：我不怕吃苦。做自己喜欢的事有什么辛苦？做不好，你就多练习——这是热爱者对待工作的态度。热爱会滋养你，给你源源不断的动力。

二、深入挖掘优质内容是编辑永远的追求

个人的努力是难以抵挡大形势的变化的，出版是需要敏锐感知社会与形势变化的工作。所以，作为编辑，一定要打开眼界，注意大形势、大时代、大环境的变化，不能只埋首于案头，仅仅关注具体的业务工作。特别是今天，我们身处科学技术日新月异的时代，影响广泛的媒体平台、无所不在的网络触角，已经让公众的阅读兴趣和阅读习惯悄然变化。这种情况下如何看待编辑工作？传统的纸质图书前途怎样？它会消亡吗？

最近我看到北京大学新闻与传播学院许静教授的一篇文章，文中谈到新闻出版人才培养将要发生变化："在人才培养和专业设置上，将不再以媒介作为划分的唯一依据，而是以传播内容或其他新的尺度作为依据，重新规划专业类别，改造原有人才培养体系，以适应媒体融合或多媒体传播的需要。"这是一个信号，它在某

种程度上预示了新闻出版业即将发生的变化。一是出版的功能将要被重新定位。传播的媒体形式不再是最重要的，内容以及为用户提供多元化的内容产品服务，将成为出版工作的重点。二是随着 AI 技术融入出版工作，出版的运营流程可能会发生重塑，文字审校这样的工作可能会受到冲击，内容策划和产品运营可能会愈发重要。

所以我的看法是，纸质图书已经伴随人类走过了千百年，它还会继续陪伴人类走下去。只要人类的文化、文明存在，承载文化和文明的图书就会存在。人类所开发出来的优质内容资源会以图书为母体，被多种媒体从多个角度以多种形式进行二度创作，形成“好内容无疆界”的无限表达与传播，满足不同层次受众的需要。而好的编辑，应该就是好内容的发现者、开发者、创造者。

著名导演张艺谋曾说：我非常想拍出好电影，但是我还缺少好的本子。而众所周知，好的影视剧、话剧剧本，大多来自好的文学作品。那些内容有深度、直击人的心灵、给人思考的好的文学作品，就需要编辑去挖掘，去发现。所以图书编辑应该能够耐得住寂寞，去深入关注时代动向，关注作者与作品，下大气力开发好书。我始终认为，图书要给读者人性的关怀，引发情感的共鸣，留给人充分思考的空间。专注于原创，深入挖掘内容资源，用优秀图书来传播人类的文明，传递人类的智慧和思考，这才是图书的特质，也是图书编辑永远的追求。

三、用编辑的二度创作给作品赋能

编辑是什么角色？是将内容资源变成图书产品的开发者、设计者、生产者，是出版产业中最重要的一环，是架设在文化创作者与文化消费者——也就是作者和读者之间的一座桥。

新闻出版署原副署长、中国编辑学会首任会长刘杲说，编辑活动是对科学文化成果的选择和加工。面对众多作者和作品，编辑的责任就是从中选择最好的。加工也是一种选择，是对书稿内容和形式的局部或者细部的选择，以使内容更完善，形式更完美，也最能显示编辑劳动的创造性。

编辑在图书出版中的创造性劳动，就是编辑含量，实质上是编辑对作品的二度创作。有效提升编辑含量，对提升书稿的内容、质量及表现能力具有重要的意义。

编辑工作的基本职责，首先是选择。选择的基础是判断——对书稿进行价值判断，这个判断能力是需要通过大量的阅读和反复的比较获得的，是需要一定的经验积累的。好编辑必须具有好眼力，而编辑的好眼力是通过“一万个小时”的匠人精神磨炼出来的。没有匠人精神，没有多看、勤思，编辑的眼力、判断力、选择力是无法天然获得的。所以我们常常说，编辑的眼力很重要，会看才会编。

对书稿内容的纠错与提升也是一项具有极高编辑含量的工作。一个具有 3 年以上工作经验的编辑，应该能够成长为一个比较成熟的编辑，对书稿有一定的提升能力——可以对书稿的内容提出自己的想法。更资深的编辑，应该对时下图书的现状和发展动向有自己的看法，对图书的各种文体、表现形式有自己的认识，对书稿有较强的提升能力——可以针对书的内容、结构、表现形式等提出自己的想法，并清楚如何去实现，具有“逢山开路，遇水搭桥”的能力。

举几个例子。在 2003 年的“五个一工程”奖和国家图书奖评选中，“解读生命丛书”和另一本科普类图书的呼声都很高，最后是“解读生命丛书”胜出。评委们给出的理由是："解读生命丛书"的编辑含量很高，在创作队伍的组织上和文体表现方面具有创新意义。

"全民健康十万个为什么"丛书第一辑的出版，也凝聚了我的许多创造性劳动。记得是在 2010 年，中国科协科普部找到我，希望我可以按照一套书的思路来整体设计这个项目。当时，具有丰富科普工作经验的中华预防医学会、中国药学会，已经找了合作的出版社，并不情愿把已经主编完成的书稿拿到北京出版社来统一出版。但是，等我拿出策划方案后，他们就很少有闲话了；到我动手修改了两本书的书名及一级标题后，大家都服气了。

中国药学会主编的分册原书名是《合理用药知识篇》，我修改为《用药有道》；第一章的原标题是"药物基本知识"，我修改为"了解药物的 ABC"；第二章的原标题是"购药常识"，我修改为"学会正确用药，才能把病治好"；第三章的原标题是"药物的正确用法"，我修改为"用药有误区，要做明白人"。

中华预防医学会主编的分册原书名是《传染病的防与治》，我修改为《知"瘟"防"疫"》。我还增加了开篇第一章"'非典'之后，传染病怎么成了流行语?"，以紧扣社会热点，拉近图书与时代、与社会、与公众的关系。

在这个项目里，我修改书名及标题的主要思路，是将原来平铺直叙的叙述方式改为能够引发思考的提问式；从一般化的知识解读，转为突出传染病的特殊危害性——不只影响个体健康，而且对社会具有巨大危害。因为做科普图书不能只注重知识普及，更要关注社会热点，关注科学与人的关系，要在寻找视角和切入点上下功夫。书名及一级标题的修改，改变了整部书的叙述风格，增强了可读性，为科普图书增加了新意。在强调创新性的国家科学技术进步奖的评奖中，这种因编辑二度创作而带来的创新特色，成为图书获奖的重要因素。

还有2023年出版的《走近最可爱的人——李蕤赴朝家书日记》。这部书稿原本是知名作家李蕤当年赴朝鲜战场留下的文字，包括几十封纸张泛黄的家书和一本保存完好的战地日记。这些文字既展现出大时代下作者的家国情怀，又透露出一个爱国知识分子家庭的融洽与温暖，无比难得。我把稿子推荐给北京出版集团北京人民出版社吕克农总编辑，他慧眼识珠，慨然应允出版。

这部书稿的编者是李蕤的子女，他们最初的想法就是要原汁原味地保留父亲的文字，把这些史料留给后代、留给国家。但进入编辑阶段后，我们发现了一些问题：比如日记、家书两个部分的内容，有时断裂，有时重复，会有不连贯的碎片感；出现的很多人物读者不熟悉。这些不足，都会妨碍阅读的通畅感，影响阅读体验。

我开始琢磨了。编辑是连接作者与读者的一座桥，既需要了解作者与作品的特质，更需要了解社会与市场的需要，了解这部书的主要受众是什么人，他们在哪里。弄清楚这些，才能搭建好这座桥。我认为这部书不该只是一部历史资料集，更应该成为抗美援朝战争胜利70年后，当下的读者仍然感兴趣而且读得懂的纪实文学作品——这才是我们的目标。

编辑对作品的提升应该本着扬长避短或者扬长补短的原则，我决定用扬长补短的方法来尝试。首先是改变书的结构，打破书信和日记的界限，以时间为轴来重新组合素材，贯穿全书。其次是让编者走到幕前，交代事件发展的脉络，这样就需要增加一个“编辑导读”。最后，增加辅助阅读的版块，对陌生的人物、事件加以解读，同时增加叙述性的“照片说明”，使照片成为正文的有机组成部分，既丰富了内容，又使得版式设计活泼、生动。

我把这些想法向吕克农总编辑做了汇报，他也正在考虑该书如何呈现的问题，我俩一拍即合，立即行动。吕总编随即安排设计人员拿出设计样稿，利用当代纸媒排版技术的各种手段，对版式、字体、字号加以设计。比如家书这一部分，就采用了信笺形式，增加了鸿雁传书的意境。这些别具匠心的设计，得到书稿编者的认可，也让此书最后成为一部具有厚重的历史价值、资料价值的纪实性文学作品，在同类作品中独树一帜。这本书入选了2023年度中国好书，并获2023年度文津图书奖。

《走近最可爱的人——李蕤赴朝家书日记》入选2023年度中国好书

可以说，作者是内容方面的专家，而编辑则应该是图书出版方面的专家。编辑有权力，也有义务发表对书稿的真知灼见，和作者充分沟通，完成对书稿的二度创作，提升书稿的表现力和品质。

四、如何判断一部书稿的价值

接触到一部书稿的时候，如何判断它的价值、决定它的去留呢？一部好书，既要有意义（认识价值），也要有意思（趣味和表现力）。我们在审读书稿的时候，第一看选题，从社会需要和市场需要两个维度判断它的价值；第二看整体框架结构，判断是否符合逻辑，是否讲得清楚明白；第三看语言文字风格，判断它的表现力如何。

我曾经在北京市新闻出版局、北京市科委、北京市科协担任多年的图书项目评审专家，有机会接触各个出版社的非虚构类图书项目。作为评审专家，我们对图书项目的判断也主要依据以上几个层面。

第一看选题。一本书的选题体现在书名上，它是这本书的主题、主旨、内容方向。一个好编辑，能够思路清晰地说出该类选题在国内外的出版情况，知道该类选题中的佼佼者，了解它们的特色、独有价值。要做好充分调查研究，做到心中有数，才能对选题有客观准确的判断。

我们强调编辑要抬头看路，要关注时代变化、社会需求，要熟悉业界的动态信息。我们不仅要知道自己的单位在做什么，还要掌握兄弟单位在做什么。我们要做差异化选题设计，要做到人无我有，人有我优。现在资讯十分发达，通过专业的图书市场调研数据，查阅相关资讯，就可以大体了解相关情况，为什么不去做呢？还有一点需要注意，如果一个选题目前图书市场上没有，你就要思考一下，它的确是市场空白呢，还是已经被市场淘汰的落后产品？

第二，要看图书是否有符合逻辑的框架结构。书的框架结构好比是支撑人体的骨骼。一般来说，非虚构类图书都会有比较详细的目录，如果同是一级目录，有的标题内容很宏大，有的标题内容却很细小，不在一个层次上，这样在逻辑上就讲不通；或者同是一级目录，互相之间没有内在联系，逻辑上也是讲不通的。我们同时还要注意科普图书与教材的区别，避免科普图书教材化的表达。

第三，看它的语言文字风格，了解它的表现力、表达能力。如果一部书稿还没有完成，那么样张是一定要看的。通过一个完整的单元样张，不仅可以了解作者是怎样提出问题和解决问题的，而且可以看到作品的文字风格和文字的感染力。

了解作品和了解作者是密不可分的。总的来说，作者的思维大体上有两种类型，一类是作者的逻辑思维能力强而形象思维能力弱，写出来的东西容易从道理到道理，概念清楚，阐释比较干巴，缺少感染力。另外一类是作者的形象思维能力强而逻辑思维能力弱，往往对细节描述得绘声绘色，但是容易枝蔓繁多，思路旁移，全书的逻辑框架不够清晰。编辑在审读稿件的时候，要通过文稿掌握作者的思维类型，找到作者的特色和不足，这样给作者提建议的时候，才可以扬长避短或者扬长补短。

有的项目选题很有新意，但是作者的写作能力跟不上。在这种时候，如何对作者提出明确的修改意见，如何想办法扬长补短，就是编辑要考虑的重要问题了。如果是出版社编辑自主策划选题，就更需要有充分的作者资源储备，充分了解作者的能力与水平，为合适的作者匹配合适的项目。这些都是好编辑必须具有的能力。

五、与形形色色的作者打交道

成功的编辑要善于沟通，善于与作者交流，和作者平等对话。要做好一部书，一半功夫要下在书稿上，另一半功夫要下在与作者的沟通上。

无论遇到哪种类型的作者，我们都要诚恳相待。作者初出茅庐，编辑不能趾高气扬；作者知名度高，权威性强，编辑也不能百般迁就，放弃要求。我们是以不同身份通过书稿相遇的合作者，作者是内容方面的专家，我们是图书出版方面的专家，优势互补，才能出好书。

我们在与大牌作者打交道时，首先要做到尊重和了解，尽量多地阅读他们的作品，了解作者的特色、特长以及脾气秉性，有准备地去接触，然后再约稿。拿一套客气话去接触所有的作者，是肤浅的，是不被欢迎、不被接受的。这就像拿着一份求职信去不同单位求职一样，没有真诚的、有针对性的交流，很难约到优秀作者的稿件。

比如，我们最初接触北京协和医院的妇产科专家郎景和院士，是想约他参加“大家人生——医学家卷”丛书的写作。当时他没有时间，遗憾错过。一年后，这套书即将出版，我们又一次向郎先生约稿，请他为丛书写序言。他终于答应，并且很快拿出文章。我当时给郎景和院士写了这样一封约稿信。

郎先生：

您好！

今天和您联系，是请求您为“大家人生——医学家卷”丛书写序，您欣然应允，让我喜出望外。遵嘱将策划书及3位先生的书稿目录及摘要发给您，供参考。策划书中有我们出版这样一套科学人文丛书的动因、主旨、风格、体例要求，以及作者人选。希望您在百忙之中，为这套图书，为您的几位朋友作序，当然我更希望有机会去拜访您，非常期待。

看到策划书您就可以了解，我们原来是将您作为这套书的第一人选的，也曾经和您联系过，后来您太忙，就联系不上了。有知情人说，您曾经出过一本类似的书，无奈，我们错失了和您合作的机会。

我们为了约您的稿件，曾经买了几本您的书学习，包括《妇科手术笔记》。您写得真好！您不能参加我们这套书的创作，真是太可惜了。不过没有关系，万事开头难，“大家人生——医学家卷”这个项目，我们还准备继续组稿第二辑、第三辑，每一辑 3~4 人。因为医学家中的大家、名医，百姓口碑中的仁医、大医，实在太多了。他们的人生故事才真正构成中国的医学史，才体现了医学家的真面貌，是应当让公众了解的。这些医学大家对于中国医学发展方向的思考，对于当前医改的思考，很有价值。如果您愿意，参加第二辑怎么样？现在就向您约稿了。

我们的这套书很快就要出版了，时间有点紧张，好在“总序”文字不要求太长，在乎精彩，在乎思想的深刻和文字的灵动，能够说出这套书的特色、价值就可以了。您在公众心目中的威望，足以使总序产生广泛影响。一周时间，可以吗？

再介绍一下这套书的来历：近年来北京市科委、北京市科协、北京市新闻出版局，都加强了对重点图书创作出版的管理力度。我经常参加北京市的重点选题论证会，也一直用心思考选题。前年北京市科委找一些专家开了策划会，想要抓一些重点项目，我的这个选题就是在这个会上提出来，被专家一致认可而立项的。北京出版社也是将此书作为重点图书来管理，还请了最好的美术设计，希望能够做成北京的品牌图书。我们觉得为了做好它，用多大心力都是值得的。

好了，等您的“总序”，迫切期待。

致礼。

赵萌敬上

在收到自称“郎大夫”的郎景和院士发来的序言后，我又马上写信回复。我是这样写的：

郎先生：

您好！

我刚才在科协开会，没有能够及时看到您的信息，请原谅。

刚刚回来即打开电脑看您的丛书总序，好！特别好！我一连读了3遍，感动！阅读它，能够让人进入一种境界，呼唤出一种心境，让人心潮澎湃。这正是我一直在等待、在期盼的。感谢！！

您开篇的第一句话，高屋建瓴，大气磅礴，把人带入到人类医学发展的背景之下，来看医学发展到现时代所遭遇的困境。只有站在这样的高度，才可以真正认识和破解我们现在医学发展以及医疗管理的困局。当然，这不是某一位大家，或者某一位领导能够凭借一己之力实现的。但是，我们总要做一些事，做一些有益的事。

我们的“大家人生——医学家卷”后改名为“大家小书——医学家卷”，就是要请出百姓心目中的仁医、大医，通过他们的笔，真真切切地写出自己的医学人生，来和公众进行心灵的沟通。百姓可以不信任某个医生，甚至某个医院，但是他们会全心全意地信任他们心目中的这些仁医、大医，这是百姓心中的丰碑。当我们的医学大家出来说话了，百姓便明明白白、清清楚楚地了解了我们大多数医学家的理想、信念和追求，了解了他们的人格魅力，了解了他们为破解这些医学发展难题所做的思考。这样，就可以给医患之间的沟通以桥梁，给医学管理者以启发。您说是吗？

又想给您提一个要求了：希望能够给这个精彩的总序拟一个标题，不要让它淹没在毫无性格的“序”字之中，您看怎样？

另外，您希望我们在这个总序后面怎样署明您的身份、学术身份，或者其他？怎样注明最恰当、最有说服力？

致礼。

赵萌

2014.1.8

郎景和院士第二天就回复：

赵编审：

谢谢您的溢美之词。

关于序的提名，建议：

序——医生的良知和社会责任

关于署名，文下只写郎景和，头衔可以放在该文横线下——

作者系中国工程院院士，中华医学会妇产科分会主任委员，中国医师协会妇产科分会会长，中国科普作家协会原副理事长，《健康世界》原总编辑，中国作家协会会员。

当你对作者有了解，对图书有了解，和作者的对话就会充实，就会有的放矢，就会顺畅。即便遇到专家、大家，你也是有底气的。

再比如2023年出版的《走近最可爱的人——李蕤赴朝家书日记》一书，我们也和宋致新、赵致真进行了反复、充分的沟通。我们拿出设计样张，让他们看到图书体例改变后的新面貌，从而改变了他们最初的设想，让他们欣然接受了出版社的策划方案。这其中，编辑沟通的诚意与拿出真本事的能力，都非常重要。

六、写好资助和评奖项目书

政府支持优秀图书的出版，出版社可以申请政府的资金资助。在选择申请项目资助时，编辑首先需要明确，这个选题主要是针对市场需要，还是具有显著的社会价值。因为政府的钱来自税收，政府支持的重点当然是那些符合国家长远发展需要、人才培养需要、社会效益突出的选题。

项目申报书的填写也是有技巧的。

前面讲到，我最初写申报书时，专家评委给我的启发至今让我记忆犹新。后来，我自己也担任图书项目评审专家，这些年的体验和感受，概括如下：

第一，写评奖材料首先要有针对性。要认真研究每一个奖项设立的主旨和目的，虽然都是国家级图书奖，但是不同的奖项，设立部门不同，侧重点不同，评选的倾向性也有所差异。比如“五个一工程”奖是中宣部设立的，主旨是以作品传播来促进精神文明建设，所以选题是否弘扬时代主旋律，是否属于社会热点，思想是否积极向上，是否饱含正能量，都很重要。中国出版政府奖是出版管理部门的最高奖，要反映国家文化、文明的最高成果，具有传承价值，所以选题要重大、厚重，内容和表达要具有比较高的艺术水准、专业水准；国家科学技术进步奖是国务院设立的，体现我国科研与科普“一车两轮”“一鸟两翼”的发展思路，注重的是我国重大科学研究成果的科普化，所以选题最好选择国家重点科研项目和重大科研成果，作者选择科学前沿的权威专家，在内容上以及表现手法上具有原创性、创新性。一份申报书应对各个奖项的申报，这是大忌。

第二，要认真研读评奖申报书中的各项要求，仔细揣摩评委会究竟想了解什么，然后有的放矢，清晰表述。切忌自说自话，一味阐释自己想说的。

第三，文字精练，观点鲜明，有见地，有主张，这是写好申报材料的基础。写材料和写书一样，要让评审专家看得懂，有兴趣看。因此，务虚的东西要简明扼要，务实的部分要写得充分，但是文字要精练；要把自己所做图书的价值、构思特点、表达方式、特色以及创新点写出来，文字深入浅出，切忌过多使用出版业的名词术语，因为评审专家大多是内容方面的专家，而非出版行业的专家；要注意请教高水平的专家学者，善于吸收他们的观点，并将这些观点融入材料，作为亮点，提供认识价值；切忌长篇大论，适当拟写小标题，突出层次；要有生动举例，但是切勿在一个细节上占用过多笔墨，而忽略图书面貌的总体叙述。

总之，对选题有清晰的认识，有精准的概括，并学习资料申报的技巧，才能写出一份高水平的申报书，增加申报成功的可能性。

◎结束语

编辑的“一年零一天”

21 世纪 20 年代的我

每每回想起自己策划出版图书的过往，我的脑子里总会不自觉地涌出“一年零一天”的故事。

一位年轻画家十分仰慕著名画家门采尔，因为他的作品总是被抢购一空。于是年轻画家也拼命地画，结果他的画却无人问津。年轻画家困惑不已，便去向门采尔讨教。门采尔回答，我们同样用了一年零一天，只不过你用一天时间去画，用一年时间去卖它；而我，却是用一年时间去画，用一天时间将它卖出。

同样的一年零一天，结局却大相径庭。我们的图书市场，不管是30年前还是今天，在繁华之下，永远都有数量可观的低水平重复生产。追溯缘由，大抵是出于与那位年轻画家同样浮躁和急功近利的心态。而不管是30年前还是今天，要想策划、出版优秀的图书，门采尔之道都不会过时，那就是：用心和苦练——不仅要用气力，更要用心智。

编辑工作的最高追求是出版能够传世的优秀作品，这是一个很高的目标，不容易达到。但是，有这个目标和没有这个目标，我们的精神境界和工作状态会大不相同。有了这个目标，我们才会在行业的变化中不迷失方向，真正静下心来，真诚地面对读者，面对市场。

我在北少社的那个时代，繁荣的少儿图书市场背后也存在着诸多问题，最突出的就是：包装陈旧，传统图书多，汇编图书多；童书的语言成人化、概念化现象比较严重；原创性的、贴近当代少年儿童生活、富有儿童情趣的图书比较少。这其中的原因是多方面的，但是很重要的一点，就是编创者心态浮躁。做汇编、改编类的书，运作周期短，投入精力小，见效却很快。但是由此带来的问题却是严重的：选题重复，图书面貌雷同，长此以往，会让出版没有活力。

如果大家都只是愿意出三五分的力去轻轻松松地创作和出版，那么你花三五分气力可以轻松做到的事，别人花三五分气力也可以轻而易举地做到。但是如果大家都静下心来，吃点苦，花七八分气力去调查市场，去研究快速变化的时代，去研究读者都在做些什么、想些什么、还将需要些什么，那么别人模仿你便有些困难。如果你肯下十分气力去开拓创新，别人赶上你就不容易了，我们的图书也会因此有了新颖的内容和丰富的品种。这便是新的“一年零一天”的故事：如果你只花一天时间去做，你的产品就可能需要花漫长的一年时间去销售；而如果你肯花一年时间去揣摩，去创造，那么可能只消一天时间，你的产品就可以卖出去。认识到这个道理，我们就应该不重复自己，不重复他人，要做，就做最新的、最好的、最有特色的。因为不管是一部书，还是一个人，只有个性鲜明，才能从群体中脱颖而出。

后记

在看这本书的时候，读者可能会感到有一些没头没脑：怎么还没有交代你的来路，就开始讲如何从事出版业了？

是的，这本书只是我人生记忆的一个部分，当然，它是我人生最重要的部分。那么，我从哪里来？我为什么会选择出版作为我终生的事业？又为什么会对编辑工作如此热爱？

我于 1946 年出生在河北南部的威县，那里属于中国共产党为抗日而建立的冀南革命根据地。我的父母都是在 1935 年的“一二·九”运动中，为寻找能够领导抗日的革命力量而加入共产党队伍的青年学生。当时我父亲正在北京大学国文系读书，我母亲在天津的河北女子师范学院读中文系。两个文学青年为了抗日而放弃学业，投笔从戎。1949 年中华人民共和国成立，我的父母调到当时的河北省府保定工作；1951 年，他们又调入北京，我们全家开始在北京生活。我们家 4 口人，我上面有一个姐姐。我姐姐的上面本来还有一个哥哥和一个姐姐，但是在抗日战争最艰苦的年代，父母把他们寄养在老乡家，一个病死了，一个饿死了。我和姐姐是幸存者。

我于1953年入北京育才学校读小学，1959年考入北京师大女附中（现在的北京师范大学附属实验中学）上初中，1962年考入北京女一中（现在的北京市第161中学）读高中，1965年考入中国人民大学国际政治系读大学。1970年大学毕业，我被分配到河北青龙县王场公社插队劳动锻炼，一年半后，被分配到青龙县的马圈子公社中学当老师，教高中的语文、政治和历史。1973年，我被调回北京，在宣武区文化馆文学组工作。1978年，我被调入北京出版社，参加《少年科学画报》创刊，由此开始了我的编辑生涯，一直到2003年退休。

我为什么选择在出版业做编辑？最初的影响来自我的父母。他们都是爱读书的人，家中书柜里的书很多。他们为我和姐姐订了《小朋友》《儿童时代》《少年文艺》《连环画报》等杂志，他们自己也会订阅《人民文学》《译文》《文艺报》《苏联妇女》等。我平时在育才学校住校，每逢寒暑假回家，就一整天沉浸在书的世界，乐此不疲。我养成了很好的阅读习惯，也从阅读中获益，明白在自己狭小的生活圈子之外，还有一个偌大的世界，有形形色色的人和五彩斑斓的故事。

第二个触发我对阅读有新的认识的，是我在青龙县马圈子公社中学当高中教师时的经历。那时候的人民公社相当于现在的乡，是县下面的一级行政区划，包括许多村子。我们的马圈子公社只有一所高级中学，方圆几十公里的孩子都要到这里上学，最远的，每天要奔波二三十公里。孩子们勤奋好学，但是许多时候，你把知识掰开了、揉碎了地讲，还是有学生听不懂。你打比喻，可是你拿来打比喻的可能是城市孩子耳熟能详的事物，农村孩子却一无所知，仍然听得一头雾水。这些孩子从来没有走出过大山，没有看过一本课本之外的书。没有阅读，缺少见识，制约了他们的理解力。后来我从北京带回一箱图书，给他们办起阅读角，他们才知道，原来课本之外，还有更多的书可以自由选择、尽情阅读。

第三个触发我对阅读、对写作有深刻认识的，是我在北京宣武区文化馆的工作经历。当时的宣武区文化馆位于琉璃厂东街29号，周围都是古玩字画店铺，但是在那个特殊年代，整条街满眼凋敝。但是我们文化馆却生机勃勃，每一学期招收新学员的时候，文学班、声乐班、舞蹈班、戏曲班、美术班都是人头攒动。

文学班的任务是开展文学欣赏和文学写作的培训活动。1976 年，那段特殊的年代结束后，文学班迎来了大批文学爱好者。我主管的青年文学培训班有 100 多个学员，不管刮风下雨，每次上课他们都会从四面八方赶来，听老师讲课，分析优秀作品，分享自己的创作，满腔热情。学员们的优秀作品会刊登在我们的内部刊物《宣武文艺》上。正是由于这种对阅读、对学习的热情，恢复高考后，他们中的许多人考上了大学，实现了人生的转折。这让我看到，不管物质生活多么匮乏，人始终需要精神生活，阅读和写作仍然是人们精神生活的重要部分。

3 年农村生活、5 年城市基层生活的经历，使我对中国社会有了基本的认识，也加深了我对人们追求精神生活、渴望读书、渴望创作的理解。因此，当我有机会可以选择的时候，我毫不犹豫地选择了出版社，选择了编辑工作。通过对所从事的不同工作的比较，我也认识到，编辑出版是非常适合我的职业，是可以让我把热爱与职业结合的工作。所以，为了自己的热爱付出心血，是我心甘情愿的，是我的快乐。

感谢北京出版集团总编辑赵彤、北京出版集团办公室副主任夏叶、北京少年儿童出版社首席编辑李天舒、北京少年儿童出版社总编室主任李玉帼，他们看了我自由散漫的回忆录，认为在出版社做编辑这部分内容对年轻编辑可能会有启发，鼓励我修改、完善它。特别感谢天舒，现在本书第二章的“创新：科普图书出版之魂”一节，以及第四章“致年轻编辑：我对出版的认识和感悟”，即是在她的建议下增加的。这些内容为本书添加了编辑工作的思路与方法，更具实用性。感谢他们！退休 20 多年了，仍然有这些关心着我的年轻人，真好！

赵萌

2024 年 10 月